下乡吃牛排

〔日〕平松洋子 著
〔日〕谷口治郎 绘
徐奕 译

人民文学出版社
PEOPLE'S LITERATURE PUBLISHING HOUSE

著作权合同登记:图字 01-2017-9257 号

图书在版编目(CIP)数据

下乡吃牛排/(日)平松洋子著;(日)谷口治郎绘;徐奕译. —北京:人民文学出版社,2018(2022.1 重印)
ISBN 978-7-02-013936-1

Ⅰ. ①下… Ⅱ. ①平… ②谷… ③徐… Ⅲ. ①散文集-日本-现代 Ⅳ. ①I313.65

中国版本图书馆 CIP 数据核字(2018)第 042957 号

责任编辑 **卜艳冰 王皎娇**
装帧设计 **钱 珺**

出版发行 **人民文学出版社**
社　　址 **北京市朝内大街 166 号**
邮政编码 **100705**

印　　制 **山东临沂新华印刷物流集团有限责任公司**
经　　销 **全国新华书店等**

字　　数 **143 千字**
开　　本 **890×1240 毫米 1/32**
印　　张 **7.625**
版　　次 **2018 年 10 月北京第 1 版**
印　　次 **2022 年 1 月第 2 次印刷**

书　　号 **978-7-02-013936-1**
定　　价 **39.00 元**

如有印装质量问题,请与本社图书销售中心调换。电话:010-65233595

目录

阿梅家的猪肉饭

眼前是一望无际的十胜平原。飞机刚降低高度，地面上那一片壮丽的景色——绿油油的广袤田野与翻耕过的褐色泥土拼接出的几何图案，就映入了我们的眼帘。见缝插针，田野与田野之间还有马鬃似的防风林整齐地排列着。这就是本次航班的目的地北海道十胜带广机场。

向往已久的猪肉饭啊！厚厚一大块淋着酱香的猪肉，盖在白米饭上，真真是带广美食的精髓。机舱内安全带指示灯尚未熄灭，我便有些等不及了。我曾期待过多少次与它相逢，终于在这冰雪消融、绿意初萌的5月，得以成行。那为啥不去十胜赛马场看看呢？不，应该去十胜温泉享受一下。关于带广之行人们给了我各种建议，而我只选了猪肉饭，只为它而来。

踏上带广的土地，天气出奇的晴朗，我的胸膛立刻感受到了空气的微凉，好想与它来个亲密接触呀，我忍不住像孩子那样张开双臂，大口大口地做了几次深呼吸。清爽的空气通透洁净，印证了我脚下踩的正是一片北国大地。出了机场，便直奔主题，即老铺子“PANCHO”。这家昭和八年创建的饭店，在带广几乎无人不晓。

店很小，我们却很容易就找到了，也许这就是真正的心灵感应吧。饭店位于带广站的正对面，隔着一个宽阔的交通岛，门前的白色布帘仿佛吸足了5月的阳光似的闪闪发亮。我一眼便觉得就是它了，不由得走上前去，满怀期待地望了一眼店招，果然黑体粗字写着PANCHO。

拉开木门，走进店内，此时距上午11点开门刚过了7分钟，店内已坐了3桌客人。

“欢迎光临。”一位身穿白围裙、白衬衫的妇人高声招呼。店内简洁素朴，没有过多装饰，一片无造作的清爽叫人愉快，跟刚刚呼吸过的空气一样。

这里只供应一种饭食，即猪肉饭。菜单装在相框里，挂在墙壁上：

松套　900日元

竹套　1000日元

梅套　1100日元

华套　1300日元

清酒　450日元

啤酒　550 日元

汽水　220 日元

可乐　220 日元

橙汁　220 日元

松竹梅套餐的定价顺序与东京相反，松套便宜，梅套贵，其中的缘由我问了北海道出身的朋友才知道。朋友是札幌人，可她还是很骄傲地说：“这个嘛，在北海道人尽皆知哦。”因为第一代店主的妻子名叫阿梅，她为店家生了 7 个孩子，为了感谢妻子一边抚养 7 个小孩一边照顾饭店所做出的贡献，店主说他没有理由给自己的糟糠之妻安一个便宜的价格。可见第一代店主的深情厚谊。仅凭这段故事，我对猪肉饭的热情就又增添了五倍，墙壁上“梅套 1100 日元”这几个字现在看来也更觉耀眼了。

“您要点什么？”妇人过来问，“每个套餐饭量都一样，肉量各不相同。”

不用说，我直接点了梅套。

猪肉饭为什么会成为带广的特产呢？这还得追溯到明治十六年。彼时北海道还是一片处女地，为了开垦十胜地区的带广，在静冈伊豆成立了一个叫“晚成社”的组织，它的领导人依田勉三于明治十六年迁居带广。依田勉三曾就读位于三田的庆应义塾，精通外语与西学。经历了严酷的拓荒生活，他在明治十八年将寄托着希望的 4 头巴克夏猪和约克夏猪，以及两只山羊带到了带广，同年 8 月 23 日他饲养的猪产下了猪仔。

垦荒生活的起源哟，猪和锅一口。

这是当年依田勉创作的一首俳句。可见当时他的拓荒生活起源于一人一锅与几头猪，我们从中可以感受到他在极寒之地、生活之苦中的些许慰藉。大正十五年带广举办了第一届十胜养猪共进会，而带广人吃猪肉的习俗则是大正后期才有的。昭和八年一月十八日的《十胜每日新闻》这样报道："带广地区居民年均食肉量中猪肉占第一，为 681 头。马肉第二，为 547 匹。牛肉第三，为 171 头。"牛不易饲养，况且拓荒离不开耕牛，大家不太舍得吃牛肉——也许只有我才会将带广的养猪史与今天猪肉饭的盛行这样联想起来吧。

猪肉饭的诞生还有另外一个原因就是带广的食堂。带广的小饭馆热潮是在昭和初期兴起的，当时被誉为东北海道第一的"静养轩""孔雀""KARIKATI"都吸引了许多顾客。其中有一间饭店名叫"嬉野"，店里有个名叫阿部秀司的青年厨师，函馆人。他在东京学习了西餐烹调之后，就到带广投靠伯父，借着昭和八年带广建市的喜庆气氛，开了一家自己的饭馆，即大众食堂 PANCHO。据说店名在汉语里是饭店的意思。他运用在东京学到的烹饪技艺，做出了广受欢迎的咖喱饭、亲子饭、蛋包饭，于是他开始考虑制作一些有十胜地区特色的料理。因为战后，经济的不景气影响到了带广人民的生活，他们必须另谋生存之道。有什么比较好的方法呢？就在他一筹莫展时，有一天他去河边钓鱼，忽然听见农家屋前有猪的哼哼声，灵感一触即发："用猪肉。"

当时，猪肉火锅在带广已经家喻户晓，但像寿喜烧、炸猪排、香煎猪肉之类的料理对老百姓而言还是太过奢侈，轻易不敢品尝。能不能用猪肉来做一些既便宜又好吃的料理呢？猪肉本身热量高，只要味道好的话，就一定能招来客流量。于是他想可以把猪肉饭做成像鳗鱼饭那样的酱香口味。依田想着想着，连夜起床就到厨房里开始尝试，经过反复的试验，猪肉饭终于一炮打响成了饭店的招牌产品。

"请您尝尝我们家这比鳗鱼饭还要好吃的猪肉饭吧。"

"让您久等了。"

期待已久的猪肉饭梅套餐突然端到了我面前。

我简直不敢相信自己的眼睛：碗盖下面满满一圈油光铮亮的肉块，像盛开的花瓣似的铺在碗里，换句话说就是碗盖盖在了猪肉地毯上。

（这是真的吗？）我紧张起来，嘴里涌出唾液，好想知道揭开碗盖会是什么样的光景。瞧了一眼身边坐着的K田君，他是我的旅伴，只见他盯着自己面前的梅套餐，竟说不出一句话来。于是，我不得不先回过神来，正经道："我开动啦。"

"哦，好。我们终于等到这个瞬间了啊。我也开动了。"

二人屏住呼吸，端正坐姿，一齐揭开了碗盖。

“神一样的存在。”我的脑海中突然闪出这样的句子。只见整个饭碗里，酱色浓郁的猪肉片一层叠着一层，犹如枝头绽放的玫瑰。而玫瑰花瓣的尖尖上，闪闪发光的正是里脊肉的一点透明油花，好炫。还未下嘴我已经可以想象出肉汁洋溢在口中的滋味了，而更令人心襟荡漾的则是满满的酱香。碗里漫出炭火煎烤的酱香，闭上眼睛，真会误以为面前放的是一碗鳗鱼饭。等我睁开眼睛，发现碗里有五颗翠绿的胖豌豆，十分惹人怜爱。洁白的米饭在花瓣之间若隐若现。这就是我多少年梦寐以求的PANCHO猪肉饭啊，艳丽的程度远远超过了我的想象和期望。

我掰开一次性筷子，啜一口热气腾腾的菌菇味噌汤，重新坐直了身子，不慌不忙地端起碗，把筷子插进碗里。接下去便是一气呵成。PANCHO的猪肉饭仿佛具有一种超强的引力，牵动着我的手不停地划动筷子，直到干净的碗底出现在我们面前。

刚刚煎好的里脊肉，厚厚的一大块，咬起来却十分爽脆，肉质丰满又纤细，与甜甜咸咸的酱汁相当契合。肥肉的部分又软又滑，入口即化，成了猪肉与米饭之间的调和剂。这种豪爽的美味我们究竟该如何称呼它呢？

不管是光吃肉，还是把肉与饭一起吃，或者只吃沾了酱料的米饭，任你如何自由组合，你都会被那浓郁的炭火煎烤出的香味吸引，想急急忙忙地去追赶“那辆已经出发的列车”。更令人震惊的是，尽管碗里的油那么重，吃到嘴里却是出人意料的清爽。碗不大，一只手端着正好，吃起来十分方便。如今用这种古旧风格饭碗的饭店已越来越少了，能叫人吃得够爽够痛快，才是盖浇饭的王者之风啊。

K田君先我一步放下了空碗，他神情激动地说："哇，这真是……"下面的话他接不下去了。我也依依不舍地吃完最后一口，放下饭碗准备说点什么，可又觉得说出来反而可惜了。浑身上下热烘烘的。

我随意地环顾了一下四周，店内已然座无虚席。就在我们不无留恋地喝着茶吃着小碟子里剩下的几片腌萝卜时，我们右边的座位已经换了客人，这回是3个穿工作服的大叔。

"好久没吃猪肉饭了。"

"时不时就会想吃上一口。"

"我上个礼拜吃了一次，不过是在别家店里。"

"对了，你知道伊比利亚猪吗？"

"啥？伊不利加鼓？"

我们很自然地听到了左边座位上两位客人的谈话，他们貌似是附近公司里的上司和女职员。

"课长，您刚才还口口声声说今天要慢慢品尝，没想到这么快就全吃完了啊。"

"都是这家伙自己不停地往我嘴里钻嘛。真是奇了怪了，我是想慢慢品尝的啊。"

"您上次也是这么说的。"

豚丼のぱんちょう
昭和八年开业。
这家店在带广无人不知。
是带广的骄傲。
菜单很简单。
只有这些。
豚丼 松 竹 梅 華
わかめ椀
なめこ椀
お酒
ビール
サイダー
コーラ
ジュース
おみやげ
我毫不犹豫地点了猪肉饭。
梅套。
哇！
元祖 豚丼のぱんちょう

炭火煎烤！
真香！
远远超过了想象和期望。

“真拿它没办法。”

“我啊，再来一碗也没事。”

“哇，你胃口这么好？”

“不过，也就是遇到这家的猪肉饭我才胃口好的。”

我发现了，不论是来过多少次的本地常客，还是第一次来这里吃饭的人，大家的感受都是相同的。据说如今带广地区，做猪肉饭的店铺多如牛毛。包括一些荞麦面店和居酒屋都会供应猪肉饭，而每个人的口味又是那么千差万别。这种局势下，创立于昭和八年的猪肉饭先驱如今却仍宝刀不老，不得不叫人佩服。

K 田君边喝茶边轻声地说：“我现在也能再来一碗。”

其实我也一样。

PANCHO 这家饭店一向都靠家族经营。第一代店主是阿部秀司和阿梅夫妇。阿梅比较高寿，一直活到了平成十九年，93 岁时去世。直到去世前几年她还每天穿着白色厨师服在店里忙碌。如今为了继承父母创下的美味，阿部家 7 个孩子和亲戚都在厨房里做猪肉饭，帮助照料店里的生意。他们家的大女儿幸子，今年 78 岁，出生于昭和八年七月，而 PANCHO 正是同年一月开张的。饭店于她就像亲兄弟一样，她目睹了父母在猪肉饭上所花费的心思。

“昭和四十二年，父亲说‘如今饭店铺天盖地多起来了，我们必须把经营范围浓缩到拿手菜上’，那以后我们家就只做猪肉饭了。似乎父亲对自己的猪肉饭最有信心。”

而PANCHO凭借美味的猪肉饭在饭店中崛起是在昭和六十二年，当时电视节目里介绍了这家饭店。接连几天饭店门外都有近两百个客人在排队，这让他们更不敢松懈。他们坚持亲自挑选本地产的优质猪肉，且只用生肉，当天的食材一卖完就关门谢客。至于做饭用的米、酱油和砂糖，也全部选用最高品质的材料。从调配酱汁到炭火煎烤，所有方法都坚持着第一代店主的独创技艺。

“烤肉之前我们才往肉上刷酱汁，刷好就拿到铁丝网上去烤。肉里的油脂受到煎烤自行脱落，所以吃起来特别爽口。同时，煎烤过程中木炭的香味会浸入肉里，肉就格外香气扑鼻。猪肉饭上猪肉的大小、厚度都是父亲以前定下的。我们严格遵照父亲的配方，就像父亲的应声虫似的。（笑）”

幸子说父亲叮嘱他们绝对不许开设分店。

“父亲说，想吃猪肉饭就必须来带广的PANCHO，我们要把饭店做成这个样子。我们并没有对猪肉饭进行商标注册，因为一旦注册之后别的商家就不能经营了，我们也会跟着偷懒。只要味道好，哪怕客人去了别家也一定还会再回来的。父亲说就让那些想注册的人去注册好了。”

饭店里既有一家三代的常客，也有到带广出差、第一次来品尝猪肉饭的白领，来来往往络绎不绝，还有很多趁黄金周、盂兰盆节返乡的老客人纷至沓来。不管是什么样的客人，只要去PANCHO就能吃到之前吃过的美味，那里有对客人永远不变的信誉。或者说，带广原本就有着一种诚实率直的风气，就像广阔的一望无际的十胜平原。

坚守着美味猪肉饭的店铺还不止PANCHO一家，比如大正十五年创立的“新桥”、昭和七年创立的“HAGE天”、昭和十一年创立的“金时”也都一样。这些身怀西餐和天妇罗烹饪技艺的老铺食堂的第一代店主们，都尝试过做PANCHO的猪肉饭。我们在昭和三十四年重新装修后开张的“世界一食堂”的旧照片上看到，当时的菜单是：“咖喱饭60日元、火腿煎蛋100日元、拉面50日元”以及“猪肉饭150日元”。然而带广人懂得尊重别人。为了向PANCHO创造的炭火煎烤方式表示敬意，他们都改用平底锅煎或者烤，各人下各人的功夫，各人创造各人自己的风味。没想到一个猪肉饭竟成了各家食堂互相切磋技艺的大舞台。

“10年之前，还有很多北海道人不知道带广的特产是猪肉饭。关东人还问我什么叫猪肉饭。可当电视上推出了一个《十胜料理秀》的节目之后，猪肉饭就火了。”

全国的猪肉饭热潮还是最近10年才有的事。这话必须从“HAGE天”第三代店主，现今50岁的矢野整师傅说起。矢野师傅年轻时也在东京的大饭店里学习烹调，学成之后回到故乡带广，故而对当地的猪肉饭有着特殊的感情。20年前他继承了家里的饭店，并宣布：“好吧，我要把猪肉饭推向全国。”他在全国各地的百货店里参加物产展览时，听见许多人都在询问：“猪肉饭是个什么东西？”于是暗暗下了决心。带广人刻在骨子里的开拓精神便这样体现出来了。

“与其说我想把自己家的猪肉饭介绍给大家，不如说我更想把带广的猪肉饭推到全国人民面前。可如果我太着重强调猪肉饭的话，年轻人就会误把我们当成卖猪肉饭的，还有一些老顾客会产生疑问，以为我们转行光做猪肉饭了。我重视猪肉饭，可我们店毕竟是靠天妇罗和关东煮起家的啊。（笑）”

前几年疯牛病引发的骚乱，让很多牛肉饭连锁店都暂时转向经营猪肉饭，使得猪肉饭名声大振。矢野师傅觉得猪肉饭就是在这样浮浮沉沉的时代浪潮中延续下来的。

“想尝尝我们家的猪肉饭？”他问我。

那还用说？

第三代店主亲自下厨为我们掌勺。我们看见他选用的是猪肩胛上的里脊肉，新鲜丰润，还有细细的纹理，一看就知道品质非常好。一份猪肉饭用 4 块厚猪肉，先放在他们店特有的酱汁里浸过，再拿到电热片上用铁丝网烤。师傅目不转睛地盯着烤肉，瞅准时机拿夹子翻一个面，干脆利落。他紧盯着烤肉观察火候，眼神认真而专注。

“这道菜特别单纯，不同人做出的味道也不同。你看我就只用了一个铁丝网。把这个肉再炒一炒，盛在米饭上，做猪肉饭就这么简单。正因为如此，我们才要坚持自己的风格，不然就不好吃了。”

肉质也同样会影响猪肉饭的口味。

“有一次，有个客人跟我们说‘这次的猪肉饭好甜啊’，我才知道那次我们试用的肉太甜了。”虽然店里的猪肉饭继承了父辈的风味，但店主也在不断尝试北海道产的其他猪肉，酱汁的滋味也经过反复摸索和增减。虽然店里的主打还是天妇罗盖浇饭和炸蔬菜，可店主对用自己的方式创造出的猪肉饭风味也十分引以为豪。

哦，来啦，刚刚出炉的“HAGE 天”家的猪肉饭，950日元一碗。碗里还盛着5粒碧绿的小豌豆，这也是店里长年以来的做法。看着碗里大块的里脊肉像鲜花似的盛开着，我便再也等不及，接过了饭碗。我先细细品尝了一下肉的滋味，觉得猪肉自身的美味瞬间在口中扩散开来。酱汁的味道很清爽，那种爽快的口感与PANCHO家一模一样。PANCHO创建于昭和八年，“HAGE 天”创建于昭和九年，它们两家店铺也紧挨着。无论时代如何变化，他们两家的猪肉饭都流淌着昭和年代的风味。

明治二十三年，依田勉三在递交的“晚成社”农业概况中有以下的记录：

一、河西郡带广村晚成社主要经营纯农业。起初社员（小作户）10余户由外地迁来，之后散居，现有社员6户。（中间省略）其中3户养猪为生，共有猪百余口。农业耕

作仅供自家衣食，勉强度日，故无可称物产之物。（《依田勉三和晚成社》井上寿著·加藤公夫编北海道出版企画中心刊）

尽管当时社员养猪已近百口，然而养牛技术仍没有起色，所以牧场的经营状况并不乐观。依田曾计划将自家生产的火腿作为“当地第一的物产”销售到本州去，终因运输人手和费用的问题解决不了而没有成功。同年 5 月 3 日，一场火灾烧毁了他的房屋和养猪场，此后关于猪的记录在依田勉三的日记里就彻底消失了。

“晚成社”的养猪业一时受挫，而撒下的种子总归会开花结果，养猪业的技术在带广地区已经普及。战后，整个北海道地区开始了大规模养猪，带广地区那种家庭式的养殖模式虽然不起眼却一直保留了下来。我们到与带广相邻的芽室拜访了那里的养猪专业户铃木胜，在他自家院内的养猪场里共有成猪和小猪 80 头，景象十分热闹。

他们每周出货一次，约莫有 30 头体重在 65 千克到 80 千克的猪被销售出去。由于他们从配种到生产、饲养都在家族内部进行，所以掌握了培育高品质猪的技术。现在一头猪的采购价还不满 3 万日元，考虑到饲养一头猪 8 个月中所需要用到的饲料钱、运输费和设施费等，都感觉有点对不住那些猪和养猪人。这就是国产猪肉在与便宜的进口猪肉竞争中所存在的伤痛。尽管如此，铃木还是很自豪：“我们全家人一起养猪为生确实不太容易。不过十胜地区温差大的气候特别适合猪的生长，所以我们才能培养出健康而又强壮的猪。”

时至今日，我们还能看到依田勉三所作俳句中“猪和锅一口”这样的当地农户，实在可以算是带广的伟大之处了。65岁的平林英明就是目前已经很少见的放牧式养猪人，他们采用将猪放养到森林里去的养殖方法。当平林谈起那些在山川河流包围着的森林里自由生活、满身泥泞的猪仔时，就像是一个与猪为友的少年。

“快快乐乐成长起来的猪，它的味道也满是幸福。”

我完全同意他的观点。当我品尝过这种在山林间自由嬉戏、啃着树皮青草枝叶、喝着十胜地区甘甜溪水、尽情玩耍成长起来的猪所产出的猪肉时，一种前所未有过的野生的美味充满了我的口腔，叫我震惊。平林的养猪场名叫“ERUPASO猪牧场”，他养的猪名叫“小泥猪”，吃一口刚刚烤好的“小泥猪”里脊肉，我便感觉十胜平原的整个大自然都流进了我的身体。

还有一个与依田勉三有关的美味也必须记住。那就是长期以来深受带广市民爱戴的“六花亭”出产的一种叫“一口锅”的小豆馅饼。它的制作者就是给人们提供了白巧克力和“丸成黄油夹心饼干”等名点的“六花亭”第一代店主，小田丰四郎。“一口锅”的生产始于昭和二十七年，当时正值带广建市20周年，“六花亭”受命为建市庆典提供赠品，小田回忆起带广地区的拓荒史，便制作出了这一款小豆馅饼。小田模仿依田勉三俳句中提到的“一口锅”，在馅饼（带盖的锅）中嵌入了红豆沙和白豆沙。小小的馅饼中放了两种豆沙，这样的奇思妙想也只有专攻点心制作的匠人小田丰四郎才想得到。

更让人吃惊的还有“丸成黄油夹心饼干”这道点心的命名。这道点心于昭和五十二年上市，是将北海道产的黄油充分混入面粉中烘焙，夹有白巧克力和提子干的夹心饼干。我一直很困惑这么一道时尚的夹心饼干为何起了“丸成”这样一个名字？其实这名字来源于“晚成社”生产的黄油上面的包装纸。包装纸上画着一个圆圈（即丸），圆圈里写着一个“成”字，所以小田将夹心饼干取名为“丸成”。且他们的包装也模仿了当时“晚成社”标签上的设计。以黄油为媒介，依田勉三的身影竟然出现在点心上了。

旅行往往成于某种“煞费苦心”。我煞费苦心才得以品尝到向往已久的猪肉饭，故而想和K田君四处走走，多品尝几家。有些饭店虽然门口排着长队，可吃上去味道并没有什么特别。不是肉太柴，就是味道太咸，徒有其表。“HAGE天”的矢野义愤填膺地说：“实在是太不可思议了。有的饭店竟在猪肉饭上加螃蟹、扇贝，开价1600日元。我见到的时候真是吓了一跳。开什么玩笑？不过观光客们也许特别希望能把北海道所有的特产都装进碗里吧。我担心的就是这样下去猪肉饭将不再是带广的特产，而都成了北海道的特产。原本就是带广自己的原创嘛，大家应该守住这一份特有的味道。”接着，矢野又好像在对自己说：“说到底带广人都喜欢吃猪肉饭，猪肉饭已经铭刻在了带广人的身体里。”

即将离开带广的那天，为了乘车去十胜带广机场，我们又来到了带广车站。PANCHO店门口那一挂白色的布帘再次映入眼帘，我们便不顾一切地又跑了过去。

“欢迎光临。哇，又是你们啊。”

身穿白围裙的妇人笑盈盈地看着我们。傍晚还不到5点，店里已经有了一半的客人，四周弥漫着猪肉饭的香味，自己的肚子也突然饿了起来。坐在我们对面的是来自札幌的几位旅人，邻座则是从九州过来的几个出差客。

“好久不见了。欢迎你们再次远道而来。”

“别来无恙吧？”

“嗯，你看，一切都好着呢。”

“有机会也到我们九州来玩玩嘛。”

“可你看我们这里一年到头都要开门的，我可是店里的主力，怎么走得开呢？”

我突然有一种宾至如归的感觉，照旧又要了一份梅套餐。只见幸子从里间走了出来，我跟她打了个招呼，告诉她我们马上就要回东京去了，带广真是一个好地方。幸子立刻爽朗地答道：“是啊，带广人心地善良，水土好空气又新鲜，确实是个好地方。我们这里的人不管去了哪里都立刻就会想回来的。”

我嘴里正吃着梅套餐，心里已经开始想念了。就在我踏上飞机的瞬间，心里立刻涌出了还想再来的愿望。

黑猪之爱

8 月的一个傍晚，天气热得要命，一场别开生面的集会开始了。匆忙之间，大家给它起了个名字，就叫“麹町猪肉味噌品尝大会”，地点位于麹町的《文艺春秋》编辑部会议室。与会者为各杂志社的 8 位编辑，其中包括被大家公认为美食大魔王的《东京好饭店》总编辑，一时会场上笼罩着一种微妙的紧张气氛。

“光吃猪肉味噌吗？”

“听说都是高中生做的啊，真的假的？”

“不给点米饭吗？”

旋即，我的小伙伴 K 田君就四处张罗开了：“嗯，米饭和啤酒我们都给大家预备好了，请大家点点心吧。真的感谢您百忙之中专门前来。”

上次他陪我去北海道带广吃猪肉饭，过几天他还要陪我南下鹿儿岛去吃黑猪料理。因此我们打算先品尝一些当地高中生制作的乡土料理，找出味道最好的一所学校做个专访。

我们从搜集到的资料中，选出了4个：

A、伊佐农林高中生产的更生之素

B、鹤翔高中3年A组制作的味噌酱猪肉

C、加世田常润高中的黑猪猪肉味噌

D、萨摩中央高中的猪肉味噌

我们把这四种产品放入盘中，让大家以蒙眼品尝的方式来给它们打分。

“哇，这个用来做便当不错。要我买的话就选A和D。什么？才250日元？这么便宜？500日元我也会买的啊。”（资深主妇编辑Y女士）

“我这个名古屋人选D。我喜欢味道重的，用它蘸黄瓜不错。”（爱吃土手烧的Y本先生）

“我是九州人，我选C。甜香的味噌以前在奶奶家吃过，实在太好吃了。”（生于宫崎长于宫崎的K玉小姐）

“吃口比较重的是B，C配啤酒不错。同样是猪肉味噌，所含的盐分也不尽相同。”（担心自己第二天体检的H先生）

……鹿儿岛的高中生们所面临的就是这种形势。再看那位美食大魔王K原先生，只见他表情严肃，把4种产品都尝了尝，又放在米饭上，就着啤酒吃了一口，才不紧不慢地开口说道："最好的还是A吧，吃完后有点回甘，再放到米饭上去吃的话就更有滋味了。BCD 3种，尽管用大蒜、洋葱、胡萝卜做下了些功夫，但也因此增加了味噌和砂糖的用量，味道不够纯正，稍微逊色了一点。"

哦——所有人一同发出了感叹。K原先生透彻地分析了每个食品后，又给高中生们提了一些建议。当被问及这些食品与哪些酒更契合时，他回答说："烈一点的香槟比较好吧。"到底是《东京好饭店》的总编辑，说出来的话就是与众不同。

K田君将大家的评分表收集上来，当场宣布了评分结果：

A、伊佐农林高中生产的更生之素 38分

B、鹤翔高中3年A组制作的味噌酱猪肉 31分

C、加世田常润高中的黑猪猪肉味噌 28分

D、萨摩中央高中的猪肉味噌 21分

我的一颗心总算放了下来。其实，伊佐农林高中生产的更生之素昭和七年就已投入生产，是所有高中版猪肉味噌的鼻祖。我原本还暗自担心，自公司食堂关闭后每天中午四处在外打野食的《文艺春秋》编辑部的诸位同仁，会不会丧失了分辨食品原味的能力，现在看来这种担心是多余的。K田君对我悄悄耳语了一句："太好了，这下我们可以光明正大地去伊佐农林高中做专访了。"

我心里原本也看好伊佐农林高中的更生之素。

在鹿儿岛机场刚下飞机，立即就感受到了高涨的南国热浪，想到我们此行的目的是黑猪，精神不禁为之一振。被称作黑珍珠的黑猪，可以算作鹿儿岛的一宝。庆长十四年（1609），岛津家第18代将军家久从琉球将岛猪带回鹿儿岛，据说岛津家族的强大正好证明了他们是吞食“会走路的蔬菜”的肉食集团。一代名将，岛津家族第28代将军齐彬，常常向水户藩主德川齐昭赠送猪肉，统治了整个江户时代的德川家族私下也称赞萨摩产的猪肉十分美味。而西乡隆盛最爱的家乡菜就是酱骨头。一想到萨摩与猪肉有这样那样密不可分的联系，我的热情便节节攀升。

鹿儿岛开始饲养黑猪是在明治时代。当时人们将本地产的岛猪与巴克夏猪进行杂交，培育出了一种叫“鹿儿岛巴克夏”的新品种，即现在我们常说的黑猪。它虽名叫黑猪，却并非一身黑，猪的鼻子、脚踝和尾巴这6处都是白的。这是因为它们靠番薯为食的缘故。当地农民用番薯和剩饭饲养黑猪，将黑猪的粪便作为肥料去培育番薯，再拿番薯喂养黑猪。这是大家从未改变过的饲养方法。黑猪的风味说到底就是鹿儿岛的气候风土所培育出的土地的风味。

我要以亲口品尝的方式向黑猪致意。为了表示我的诚意，一下飞机我们就直奔鹿儿岛市内的“味之猪排丸一”，掀开了他家的门帘。

哇！我们刚在吧台坐定，就目睹了令人震惊的一幕。

天啊，这厚度。足足有3厘米，不是吗？我们只不过要了一份“上等炸里脊肉套餐”，眼前就出现了一块从粉色肉身上切下的肉块，那厚度，那大小。店主将肉块摆在案板上，用刀将肉外侧的油脂削掉，将肉切整齐。我很好奇这块肉的分量，便开口问店主。店主把肉往秤上一搁，淡定地说：“350克。”

稍等一下。这上等炸里脊肉套餐定价2000日元啊，即使不计盈亏也得有个限度吧。然而这种超越限度的大手笔正是“丸一”的骄傲。自昭和五十八年创立以来，“丸一”就是一家以传播黑猪料理为己任的大众炸猪排店。

“肉越厚越好吃。我这个人嘴馋，所以也想让大家尝尝厚猪肉的味道，哪怕一年就吃这么一次。”店主武良章神采奕奕地说。听说刀插入黑猪体内之后，肉就会牢牢地黏附在刀上。从我刚才目睹的肉块来看，它确实与武师傅的手掌密不可分。

掸掉肉块上多余的面粉，裹上蛋液，再粘一层自己店里制作的面包糠，就可以放进滚热的猪油大锅里炸了。只听见锅里无数小铃叮当作响，金色的油泡翻滚在锅面上。这经过2天时间发酵，浑身裹满油脂的350克大肉块，现在正欢天喜地地在锅里跳舞呢。我无法移开自己的视线，伸长了脖子见证着庆典般的一刻。

“就是为了想让大家看到制作的全过程，我们才做了这样一排吧台。这样大家可以亲眼看到肉块，又可以了解制作方法。一边看一边想这炸的就是我要的那块猪排呀，感觉很不错吧。（笑）”

而我却想说，等待的过程真是太煎熬了。这么厚的一块肉，用160度到170度的温度慢慢炸很费时的。店主让肉块舒舒服服地浸在猪油澡盆里，不时地拿筷子试试炸出来的弹性，然后上下翻一次面，差不多10分钟后才把肉从油锅里取出来。来了来了，我踮起脚尖准备拿筷子，还是早了一步。店主说还得再等几分钟，让油里的余温把肉再烧烧透，稍微凉一下，味道才更好。

我记不清我已经是第几次吞口水了，店主终于把刀插进了炸好的猪排里。只听见，嚓、嚓、嚓，裂帛似的清脆声响撼动了身边的空气，我们终于得以一睹炸猪排的真面目了。只见一盘满满的炸猪排端到了我们面前，那香味简直叫人疯狂。

多么漂亮的淡粉色啊。猪排切面上的油脂就像珍珠似的闪着透明的光，夺人双目。第一口，我什么调料也没蘸，就这么吃。我把一块热腾腾沉甸甸的肉放进口中，细细地品尝，只觉得一股甘甜仿佛山间的清泉似的从猪肉的每条纤维中迸发出来，油脂松软柔滑。就这么轻轻地，顺顺畅畅地滑入了食道。

接下来的一块，我蘸了点黄芥末，又把剩下来的部分，蘸着酸酸甜甜的沙司和黄芥末一起吃了。我醉心于喷香的外衣包裹下的黑猪，它独特的风味令人倾倒。我简直不敢

这里的特色是『上等炸里脊肉套餐』。
接单后再切肉。
黑猪肉已经使用了二十多年了。
肉质鲜美无比。
ジュウ
ジュジュウ
使用比较低的油温慢慢炸。
サクッ
サクッ

好了！
请用餐。
哇！
肉越厚越好吃。
淋上酱汁。
哇——
实在是——
太幸福啦！
好好吃……
好……
好好……

相信，自己只用了一会儿工夫就把350克的炸猪排全部消灭干净了。我呆呆地望着面前的空盘子，再瞧了一眼身边的K田君，他面前也一样——盘子空了。这根本就是我从未体验过的炸猪排奇遇记嘛。只听店主得意洋洋地说："材料的优劣占8成，技术占2成。漂亮的人只会更漂亮，跟这个道理是一样的。（笑）"

"丸一"饭店单做炸猪排30年，其中23年他们用的都是自己最喜欢的黑猪。武师傅每天一个人要炸40千克的大里脊和小里脊，没有人比他更熟悉黑猪了。他滔滔不绝地说："尝过黑猪再尝其他猪肉，你就会明白，黑猪的肉质究竟有多细，弹性有多足。炸猪排前人们经常会先把肉拍软，黑猪就完全不需要。没有比黑猪的肉质更软，油脂更美的猪肉了。"

据说他们开店之初，鹿儿岛人还没有去饭店吃炸猪排的习惯，生意十分难做。如今"丸一"炸猪排的名声已经飞速传遍了各地，人们几乎已经不知道该用什么样的语言来描述他家炸猪排的美味了。

事实上这种深受大众喜爱的黑猪，其发展并不一帆风顺。由于黑猪较之白猪的生长期要长好几个月，生产效率就相应降低了。昭和四十年代后期白猪就已经是日本全国畜产试验基地的主要产品，到了五十年代，即使在鹿儿岛，白猪的产量也远远高于黑猪，六十年代时黑猪的产量仅仅只占到全部生猪产量的3%。就在黑猪生产面临消亡之际，受到突然崛起的美食风潮影响，黑猪又重新吸引了人们的注意，形成了生猪饲养的另一种复杂的局面。黑猪的供不应求使假冒黑猪趁机登场，冒充高品质黑猪上市的事件也屡见不鲜。平成十一年“鹿儿岛黑猪”终于注册了自己的商标品牌，规定了只有与纯种帕克夏猪交配后饲养出的猪仔才能以“鹿儿岛黑猪”命名。

黑猪是由许多热爱它的人坚持不懈地努力才得以保留下来的美味。我们越了解其中的过程便越能懂得人们在黑猪身上所倾注的热情。明治时期，被称作黑猪之父的园田兵助全力以赴，将枕崎发展为后来县内排名第一的黑猪生产基地，将养猪业保留到了今天。是他那种舍我其谁的豪情养育了鹿儿岛的黑猪。

另一位有着鹿儿岛英雄气概的男子名叫佐藤光也，他是黑猪料理“ADIMORI”的店主。不过他出生在北海道，当过庆应大学后援团团员。昭和五十一年他迁居妻子的老家鹿儿岛时，根本没想到自己后来会成为黑猪后援团的团长，为黑猪的发展摇旗呐喊。

“ADIMORI”的招牌菜是“黑涮”，即黑猪涮锅。如今黑猪涮锅在全国已经遍地开花，第一个创作出这道菜的却是佐藤光也。他迁居鹿儿岛后便爱上了黑猪的味道，在黑猪身上花费了不少心血。

“我想让黑猪跟牛肉一样可以站到涮锅的舞台上去。刚开始时阻力非常大，人们都觉得猪肉必须吃熟的，不适合做涮锅。”在这种压力下，佐藤仍坚信黑猪的力量，狠下了一番功夫。他在涮锅里加入了一些淡味酱油，使得锅底呈金色。吃的时候，将猪肉片放在蛋液里蘸一蘸，就跟吃寿喜烧一样。他想像寿喜烧那样通过裹在肉片上的黏稠蛋液带出肉的鲜美。听他这么一说，我也好想赶紧尝一尝黑猪涮锅啊。就在我们心心念念之时，一口金色的大锅端了上来。一起端上来的大圆盘子里铺着一圈黑猪肉片，乍一看就像一大朵玫瑰花。等锅底一煮开，佐藤就严肃地说：“那我们就来让玫瑰开放吧。”

只见他将筷子伸向花心，夹起一坨五花肉，往透明的汤底里放了进去。放入锅中的花瓣瞬间转成了白色，他又用筷子将它们一片一片涮开，花瓣就全绽放了出来。

我挑出一片煮好的肉片，蘸了蘸蛋液，一口塞进了嘴里。

只感觉肉的鲜美一点一点地在嘴里扩散，越嚼味道越鲜，我完全被征服了。肥肉部分甘甜清爽，吃口柔软，颇有统领汤底和蛋液的大将风度。锅里浮沫很少，可见正宗黑猪猪肉的实力。接下去我们又涮了里脊肉、白菜、香菇和豆腐。不一会儿我就自动加入了“黑猪之爱”协会。

“起初做黑猪料理的只有我们一家。虽然我爱吃黑猪，但也没有料到黑猪会有今天这样的人气。到现在我都觉得自己好像是在做梦。不仅如此，黑猪还象征着当地生产当地销售的经营模式，这也是我这么多年一直身为后援团团长的骄傲。”

黑猪涮锅绝非店里唯一的料理。在黑猪涮锅上来之前他们还供应小菜，那简直就是黑猪的天下。黑猪味噌烧、香煎黑猪、黑猪番薯可乐饼、黑猪酱骨头、红烧黑猪、油炸黑猪、黑猪排骨、炸黑猪猪排……佐藤真不愧是“黑猪之爱”的铁杆粉，连饭后甜点也取名为“爱黑猪冰激凌”。

我常常因为鹿儿岛美食的琳琅满目而左右为难。银鲱鱼刺身、炸鱼肉饼、番薯酱汤、鸡肉刺身、鸡肉饭、酒寿司、山药糕、灰汁卷、黑糖蒸糕、味噌关东煮，等等等等。不过有一样绝对不能忘记，那就是西乡隆盛最爱吃的酱骨头。

酱骨头。听到这豪放的3个字心头就不禁一颤。把带骨头的五花肉用黑糖、烧酒慢慢炖，炖到骨酥肉烂就做好了。据说这种做法是萨摩武士在战场上创造出来的，它和萨摩烧酒是绝配。我在鹿儿岛旅行时，经常就是右手烧酒左手酱骨头。

还有一个常常让我犯难的问题就是鹿儿岛有太多我想走访的饭店了。不过最吸引我的还是位于天文馆的居酒屋“分家无邪气”。从千日的拱顶商店街往后边转一条街，待天近黄昏就去开他家的门，这时一股味噌关东煮的香味扑面而来。只见一些当地的客人已三三两两地坐在吧台前，

あぢもり
黑猪料理。
先坐下来吧。
前菜——
黑猪味噌烧，很健康啊！
用的是猪腿肉。
第二道是香煎黑猪。
第三道是可乐饼。
第四道是猪肉三吃。
哇——
入口即化！

下一道是，
炖猪软骨。
猪排，
炸猪排！
锅里加入了淡味酱油。
蘸上蛋液吃！
还有黑猪涮锅！
最后——
放入岛原的乌冬面。
哇……
好吃！
停不下来！

各自拿着一杯烧酒。我喜欢就这么走到他们身边，在心里暗暗说一声“打扰了”，便与他们并排而坐。

用来做味噌关东煮的锅子就像一个四方形的大澡盆，里面一整年都轻轻浮动着诱人的美食：萝卜、芋艿、魔芋、豆腐、油豆腐、鱼肉山芋饼、竹轮麸、鸡蛋。肉的品种也很多：牛筋、牛舌、猪骨头、红烧肉，随便算算也有20多种。我跟K田君一起伸长了脖子，思考着如何选择。太让人为难了。

“萝卜、魔芋、芋艿、猪骨头，再给我来一份豆芽吧。”

“哦，那我也选这些。”

酒当然得点烧酒。今晚的第一杯我要献给山芋烧酒伊佐美，不加冰不掺水。

没来鹿儿岛之前，我从来不知道山芋烧酒是这么的好喝。在鹿儿岛喝了一口就发现，酒一沾唇便会凝成透明的一滴，瞬间滑入口中。体验过这种柔滑之后，再到东京的居酒屋去要同一酒厂出产的山芋烧酒，还是会觉得口感不够柔和。不知道原因是出在空气上、水上，或者运输途中，抑或是与醇厚的味噌关东煮的搭配有关。总之，在鹿儿岛喝的山芋烧酒有着特殊的好味道，所以我才一趟趟地往鹿儿岛跑。

“你说的这种感觉我大概可以理解。我这个人不善饮酒，可是从刚才起我就一直没停过，事态有些危险了。”得到了K田君的共鸣，我也心满意足起来，一边啜饮着甘甜的美酒一边等着味噌关东煮端上桌来。

萝卜软软的很入味，芋艿糯糯的很好吃。我最期待的猪骨头，居然那么大个，当我用筷子去夹时，肉立刻就从骨头上滑了下来，煮得好酥。我挑了一束烫熟的豆芽放进嘴里，很脆。手中的烧酒杯转眼就空了。

“来份里脊肉。”

“我也要。”

店主将切得薄薄的里脊肉放在锅里涮了涮，分了两盘给我们端上来。

“要一份牛筋和菊花菜。”

“我也要。”

K田君似乎完全丧失了思考的能力，不管他了。串在竹签上的牛筋韧韧的，很有嚼头，叫人越吃越上瘾。仔细想想，一定是因为一口锅里煮了各种肉，各色美味浑然一体，这关东煮才这么好吃，简直可以把它称作乱炖的奢侈品了。虽然我们叫它味噌关东煮，实际上它是一种鹿儿岛版的特制炖锅。

“银鲱鱼刺身也很不错哦。碰上节气的话还有好吃的乌贼和鲣鱼。”

也许我们太像观光客了，身边的男士突然向我们推荐了几款店里的其他菜。他们是两个长期光顾这家饭店的常客。萨摩人看似很难相处，实则极富人情味，非常温和。

“我一般是先叫一份刺身，然后要萝卜、魔芋，之后要么吃关东煮要么吃烤鸡肉串。过去鹿儿岛人都只要两三串牛筋，就边吃边喝烧酒，我真佩服他们。”

“对，对，过去的人是这样的。我感觉疲惫的时候一般会要猪蹄来吃，吃完了第二天早上脸色就红润了。”

携手经营这家店铺的是坂本幸英和信幸两兄弟，他们的父亲在54年前创立了这家饭店，现在他们俩共同继承了父亲的手艺。每天打烊之后，他们要把当天用过的汤汁过滤一遍，再加进第二天要用的汤中。他们每天要准备40根猪骨头，然后再加调料炖煮，完了就放进保温桶里保温，直到客人点餐之后才放进味噌关东煮的大锅里去加热。我听说他们这样不惜工本的做法都是从父亲那里学来的。

我们从伊佐美喝到岛美人、白波，把这些山芋烧酒轮番喝了一遍，深深地沉浸在鹿儿岛的美味之中。等我目送着踉踉跄跄的K田君回到住处之后，又开了一瓶岛美人，掺了开水，一个人悠闲地享受起了萨摩的夏夜。

第二天清晨，蔚蓝的天空上飘着一朵一朵的白云，明晃晃的阳光带着南国的温度。

“好戏就要开场啦。”我宿醉全无，满脸微笑地催着K田君出发，今天我们要向北而行，一路前往伊佐。伊佐位于鹿儿岛的最北端，被当地人称为鹿儿岛的北海道。在伊佐，鹿儿岛县立伊佐农林高中的师生们正等着我们呢，他们夺得了“麹町猪味噌品尝会”的第一名。

我们跨入校门。哇，校园可真大啊。由于学校开设了园林、林业和畜产专业，所以校内就有自己的养牛场和猪圈，占地相当大。就在我们向教学楼走去的一路上，不时可以听见擦身而过的学生高声地向我们致意。校园里一片明朗的风气。走进教学楼的玄关，只见玄关处有一排玻璃橱窗，里面展示着"'更生之素'的历史"。

其不但详细介绍了猪味噌罐装"更生之素"的来历，还陈列着旧时用来做"更生之素"的陶制容器。猪味噌罐头已经成了学校的象征。

我们向田上校长表达了敬意之后，就去了实习室。那天正是农林技术科学生的食品加工实习日，更幸运的是当天实习的内容恰巧就是制作猪味噌的前期准备工作。我们换上白大褂戴上工作帽，走进教室，看见五六个男女学生正围着一张桌子，手拿菜刀在切肉呢。担任教学的郡山香老师负责讲解。

"今天课上，要将总共 170 千克的猪肩肉、腿肉、五花肉、瘦里脊肉做成肉糜。首先大家把瘦肉上厚度在 1 厘米以上的肥肉全部去掉，再把肉切成小块后放入绞肉机。对于肉糜的粗细程度，每个高中都有自己的规格，我们学校的要求是稍微粗一点。"

3 年级的学生们个个都能很熟练地操刀切肉。他们不仅把肉切成块，对骨头上的肉，也一一剔出，并把肉上的细筋和血管都去除得干干净净。郡山先生说，事实上他们手里的这些肉，都来自他们亲手在学校的猪圈里饲养的黑猪，卖出去经过屠宰后再回到他们手中。前期准备的优劣直接影响猪肉味噌的品质。

“黑猪之所以好吃原因都在它的油脂上，可油脂过多，打开罐头时，就会产生一层油膜。”教学的目的就是要学生们通过实际操作加深理解加工食品的整个过程。学生们将肉糜每10千克装成一袋，放进冰箱冷藏，过后再由他们自己用大锅把肉炒熟。制作“更生之素”的配方自昭和七年一直沿用至今，非常简单。即麦味噌、猪肉、三温糖和生姜。

麦味噌是伊佐农林高中自己做的，将蒸好的麦子拌入酵母后慢慢使其发酵。去年他们决定在制作时不再使用化学调料，因此味道越发接近从前。另外将成品装入罐头以及贴标签这些工序也全部由学生自己完成。

“大家通过实践学习食品加工，自然就会产生责任感。不管是食品卫生还是操作工序，大家都懂得了要有强烈的责任心。大家靠眼睛看，就能判断出今天的猪肉油多了还是少了，这些都是学习。”郡山老师笑眯眯地说。而我很想告诉学生们：在东京麹町吃过他们制作的“更生之素”的叔叔阿姨们，对他们的产品评价非常高，现在他们手里这些一个250日元的产品，就是价钱翻个倍大家也都会买的。

我问大家是否喜欢“更生之素”。

“很好吃，跟热热的米饭一起吃，味道特别好。”

“我喜欢把它放进饭团里吃，我妈妈会给我做的。”

如果创作出“更生之素”的元长老师（桑幡元长老师）听到这些，一定会激动得落泪的。昭和七年，一心为毕业生的前途着想的元长老师，希望通过加工食品来稳定猪肉的价格，他思考了许久决定制作一种猪肉味噌。那年暑假他将自己关在实习加工室里，反复实验，终于做出了现在的口味，猪肉味噌罐头满载着老师对学生的关怀。我看着罐头标签上那4个古朴的汉字，越发觉得它们耀眼，连我都跟着自豪起来。

临离开学校时，我们特意跟放养在校园里的黑猪们打了个招呼。只见它们一个个膘肥体壮，黑色的毛发也很健康。它们的身上仍流着琉球岛猪的血：大耳朵耷拉着，鼻子很短。脚踝和尾巴上有6处白毛。从萨摩藩岛津家族到西乡猪骨头；从各位喜爱黑猪的前辈，直至今天的高中生，他们薪火相传的鹿儿岛乡土料理的瑰宝现在就在我们眼前。我们听见附近的猪圈里传来小猪清脆的叫声，它也将吃着美味的番薯成长为一头健康的良种猪吧。

津轻之夜的墨鱼肉饼

上午 8 点 44 分，东京车站。“游隼号”新干线已经驶入站台，亮丽的蓝色车身在 5 月朝阳的照耀下格外绚丽。走，到新青森去。

这个日子我已经等了很久了。连接东京和新青森站之间速度最快的东北新干线“游隼号”3 月 5 日开通，我第二天就拿出“到青森去”的劲头买好了车票，接下来就盼着出发了。没想到 3 月 11 日东日本发生了大地震，新干线直到 4 月 29 日才全线恢复通车。尽管想到有些线路还没有恢复心中不免惆怅，今天我还是要振作精神，出发。既然开通了铁路就该有车跑，有人坐。在崭新的座椅上就坐后，我翻开了“新干线车内贩卖的菜单”，在下酒菜那一页发现了“熏海鞘 320 日元”和“牛舌 1000 日元”的字样，脸上不禁露出了微笑。看来东北新干线已经做好了迎接客人的充分准备。

我们乘坐“游隼号”到新青森，再换乘 JR 奥羽本线，我的旅伴 K 田君和 F 野小姐竟异口同声地指着前方叫了起来。只见车窗前方正是津轻人心中的故乡——岩木山，山顶还积着白雪。我们此行的目的地是青森的弘前。弘前公园绚烂的樱花刚刚开过，现在正是洁白的苹果花盛开的季节，津轻的春天一下子加快了脚步。第一站我们决定先去东北地区唯一现存的天守阁参观，恰巧今年正逢弘前城建成 400 周年。我们登上了天守阁，这幢 3 层楼房的建筑曾经是整个津轻藩政治中心。当我望见新绿中的弘前全貌，脑海中顿时浮现太宰治的《津轻》中的片段。太宰治是地道的津轻人，《津轻》正是他的一部津轻地区风土记。关于弘前，书中有这样的描写：

> 青森县没有把县政府设置在弘前市，而放在了青森市，这是整个青森县的遗憾。……而我对弘前在败北后仍一副满不在乎的模样实在是恨得牙根痒痒。(《津轻》新潮文库)

正所谓爱之深恨之切。不过我们可不能小看了弘前人这种“满不在乎的模样”，他们乍一看并不起眼，实则很热情，而且相当热情。这次旅行中我们就充分感受到了这一点。

“这活儿还蛮累人的……还要多久啊？”（吱吱嘎嘎）

K田君正手握研磨棒在奋战呢。原本只想喝一杯咖啡就走的，不料他却突然磨起了咖啡豆。

咖啡在弘前非常盛行。之前听过这样的传闻：1855年（安政二年），为了防止前往虾夷驻防的弘前藩士兵患上维生素缺乏症，咖啡被作为预防浮肿的药品配发到部队。也就是说日本老百姓中最早饮用咖啡的就是弘前藩的士兵。挖掘出这段历史的是在弘前经营“成田专藏咖啡店”的店主成天专藏。因为深爱着当地的咖啡文化，成田四处奔走，希望通过自己的努力在弘前重现当年的咖啡风味，如今市内已经有12家咖啡馆采用了当年的咖啡冲泡法，他们将它取名为“藩士咖啡”。据说过去人们是将咖啡豆放入铁锅中炒黑后再研磨的。

“这样应该可以了吧？可以了吧？”（吱吱嘎嘎）

喂，不能再细了。成田赶忙取下了K田君手里的研磨器，至此K田君再现“藩士咖啡”的任务才算完成。屋内充斥着咖啡的香气，磨成粗粉末状的咖啡豆被分装进小麻袋里，再放入陶瓶中，用开水冲泡，接着麻袋被提了起来，在瓶中上下抖动了两三次，又焖了一分钟。

大家聚精会神地看着K田君轻轻地将陶瓶倒过来，流出的黑色液体便是原味“成田专藏咖啡”。店里事先将哥伦比亚咖啡、危地马拉咖啡、哥斯达黎加咖啡和巴西咖啡四种原料混合后烘焙出来，剩余步骤则由客人自己操作。我们小心翼翼地啜了一口，根本就是咖啡味道的茶水嘛，粉末的味道在舌尖扩散。K田君喝了一口，说：“原来是这种味道啊。”便不再开口了。而F野小姐则把相机对准了这初次见面的“藩士咖啡”，狠狠按了几张。我们3个人勉强喝完了之后，杯底还残留着一坨咖啡渣。

“呵呵，如果你们喜欢这个味道，我们可就真为难了。”成田苦笑着，将一杯经过仔细蒸馏的现代版咖啡端到了我们面前。先是一杯“藩士咖啡”，又来一杯现代版，弘前的历史就在这两杯咖啡的落差中体现出来了。对成田来说“藩士咖啡”就是弘前的骄傲，它是繁荣当地咖啡文化的一个绝好题材。

“弘前的咖啡馆很多。咖啡馆展现一个城市的魅力，也反映了一个城市的趣味，跟澡堂子一样，人们可以在咖啡馆歇歇脚喘口气。我希望大家都能因为弘前有这么多咖啡馆而喜欢上这座城市。”

咖啡馆跟澡堂子一样，这话多么有趣。我瞟了一眼正侃侃而谈的成田，只见他打的领带竟印着可爱的咖啡豆图案呢。弘前男人说到底都是浪漫的。

这座城下町到处散发着摩登的气息。一座座明治时期的西洋建筑在天守阁和岩木山的照护之下雨后春笋般地出现在这座城市里：木造3层楼房、有着文艺复兴式样的旧弘前市立图书馆、青森银行纪念馆、东北地区最古老的基督教新教教堂、弘前教堂、外国传教士居住过的旧东奥义塾外人教师馆、明治末期建造的弘前天主教堂……随处可见明治时期的律动在东北地区遍地开花后留下的痕迹，叫人不禁热血沸腾。加之其中还有曾建造过太宰家的旧居，即那所豪奢的斜阳馆的当地著名西洋建筑家堀江佐吉的作品，这更激发了我的兴趣，引得我长久地伫立眺望，舍不得离开。

“准备走吧，居酒屋在召唤我们呢。”K 田君的一句话把我拉了回来。面前有酒好办事，不知从何时起他竟懂得了用这种方法驾驭我。

我们第一个要去的就是位于元大工町的“SHIMAYA”。一个常来弘前的朋友向我们推荐：“到弘前去的话，一定要去一趟 SHIMAYA。绝对叫你动心。真想把它申报成世界遗产。”这位朋友是大家公认的好酒量，并且还是美食杂志 D 杂志社的编辑。既然她这么说，哪有不去的道理？

天色还没暗下来，我们已经掀开了居酒屋的布帘，这种悠闲的旅行途中才会有的瞬间让我更觉愉悦。傍晚 5 点，我们拉开了“SHIMAYA”的门扉，吧台前已经坐了 3 位微醺的客人，仿佛 3 只极乐鸟一般。我们仨也走了进去，穿围裙的老板娘招呼声格外响亮：“欢迎光临，吧台前还有空位。”

她一边招呼手里的刀却没有停，忙碌的样子就好像弘前的一位普通母亲。只见吧台上摆了一排古旧风格的搪瓷盘子，里面装的都是今天刚做出来的新鲜菜肴。

“这是……”K田君睁大了眼睛。

“哇，看着就好吃。不过这些菜我一个也叫不出来名字。”F野小姐已经被征服了，我也跟着兴奋起来。我端起一杯啤酒，向老板娘讨教，她指着每样菜流利地给我们报了一遍菜名：

土当归鲱鱼干

蟒蛇草

曲根竹魔芋丝

荞麦豆芽

蕾菜

蕨菜油豆腐

虾蛄

冻豆腐

芋艿

你说的全是原材料吧，这里的菜肴都没有取名字啊？听我这么说，老板娘答道：“我们这里没人给菜一个一个取名字。”说得倒也没错，还是这样叫干脆。我们每样菜都想尝尝，便让老板娘给我们每样都装了一点。凉拌蟒蛇草又细又脆；荞麦豆芽细得还不到1毫米，也是十分爽脆的凉拌吃法；煮了两天才上桌的鲱鱼干，好软啊，跟韧韧的魔芋丝搭配得刚刚好。

“这种曲根竹也是我们这里春天才有的食物，不涩，还很柔软。人家不是说中国四川的大熊猫爱吃竹子吗？我们青森人也跟大熊猫一样。”老板娘手里握着菜刀滔滔不绝地说。突然，我看见她把一只墨鱼插进了竹签里，使我立刻想起了朋友说过的话：“它哪里够得上世界遗产呢？因为SHIMAYA的厨房里有一个铺着木炭灰的小地炉，你去看一下。每当有客人下单的时候，他们就用那个炭火来烤鱼和墨鱼，味道棒极了。”

对了，我能看一下烤鱼的地方吗？没问题，随便看吧。得到了老板娘的允许，我走过去看了一下，厨房里有一个边长40厘米左右的小地炉子，串在竹签上的墨鱼正放在炉上烤呢。地处北方的津轻即使是春天，也和这红红的炭火很相衬。

SHIMAYA是弘前人岛谷启子经营的一家乡土家庭料理店。店里只供应一种酒，就是弘前出产的“丰杯”本酿造，烫酒用的是蜂窝煤炭炉。店铺已经有40年的历史了。“原来我们是给酒店的女招待准备茶泡饭的小店。”没想到凭记忆做了些母亲和祖母做过的料理，竟非常受大家欢迎。就连本地人也把这里当成了他们的美食故乡。

“嗯，我很喜欢这里的料理，全部都是从前的味道，太幸福了。”坐在我们身边的大叔感叹道，他说他每次回青森都会到这里坐一坐。真不知SHIMAYA惹哭了多少大叔呢。

“啊，真心感谢这里的饭菜。”

到弘前去的话，
一定要去SHIMAYA
哇！
这是……
土当归，鲱鱼干，
蟒蛇草。
蕨菜油豆腐。
蕾菜！
开吃！
あぐ
这里的地炉可以算是世界遗产！
烤墨鱼。
好烫！
这个，
要怎么吃？

曲根竹是春天开运动会时妈妈给准备的；虾蛄是赏花时吃过的；一杯丰杯温酒味道最佳。大叔，这些我都知道了，乡愁才是最好的下酒菜嘛。我们3个也一一品尝，蘸着味噌把热乎乎的曲根竹塞进嘴里，还有新鲜的海鞘。耳边传来身后几个略带醉意的大叔说的方言，虽不能全听懂，却很受用，那浓浓的鼻音似乎在哪里听到过，仔细想来原来它们的发音竟跟法语有些相像。

“走，再去第二家。”又是K田君在拿手肘捅我。是啊，一直坐下去就走不了了。虽然还很想尝尝雷鱼味噌汤、煮鲱鱼干，只能留待下次了。

“下次来吃烤海鞘哈，很好吃的。”

好的居酒屋就是旅途中的一根拐杖。居酒屋里悠然浅酌的一刻牵引我们走向下一段旅程。那片土地、那间居酒屋、那杯酒、那道菜、那位店主人。能从这五方面震撼你的灵魂的居酒屋轻易不可得，可一旦遇到了便不仅只是你旅途上的一根拐杖，还会成为你一生的珍宝。对我来说，弘前就有这么一家居酒屋，它的名字叫“土纹”。我对它的认识起源于去年，青森的朋友奈良说“介绍一间非常不错的居酒屋给你”，便带我去了一趟。今晚我们的第二顿，就放在时隔半年再访的“土纹”了。

“欢迎光临。哦，你是第二次来吧？去年跟奈良一起来过。”掀开门帘，听老板娘这么说顿觉半年时间转瞬即逝。

我像上次那样要了小地台，3 个人一起坐下，抬眼看了看黑板上的菜单。今天黑板下半端左侧这么写着：

扇贝刺身　850 日元

金枪鱼刺身　800 日元

章鱼刺身　650 日元

凉拌荞麦豆芽　350 日元

酱烤鲨鱼腹　400 日元

烤茄子、凉拌豆腐、韭菜炒蛋、炸鸡块、玉子烧，等等等等，一长串的居酒屋小菜看着就叫人高兴。再看另一块黑板，更令人激动：

炸扇贝　900 日元

鳕鱼鸡蛋　500 日元

贝烧味噌　650 日元

鲱鱼碎　500 日元

鲱鱼干　500 日元

自家制酱渍墨鱼杂碎　200 日元

茄子紫苏卷　600 日元

还有就是货真价实的绝品料理：

墨鱼肉饼　500 日元

青森的奈良（不好意思我已经三番五次地提到他的名字了）说这才是青森县的重要文化财产。他说这话时激动得双手握拳，两眼热泪。

墨鱼肉饼。正确的说法应该是墨鱼爪肉饼，它才是津轻人的灵魂美食。你懂它的味道吗？说实话在听到奈良那番有关“热血墨鱼肉饼所包含的乡土之爱”的演讲之前，我还真不知道它有多好吃呢。这种将墨鱼爪和肉剁碎以后，捏成圆饼状用油炸出来的食物，青森人对它真是爱不释手。

“我的一个同学，直到上高中还一直以为墨鱼肉饼就是汉堡肉饼呢。”

不过，各家的墨鱼肉饼味道都不尽相同。深谙墨鱼肉饼之道的奈良（其实他是青森县厅观光课的职员）极力主张：“只有‘土纹’家的墨鱼肉饼才是最正宗的。”当然，我刚吃一口也立刻喜欢上了。所以今晚我得将这“热血墨鱼肉饼所包含的乡土之爱”传递给K田君和F野小姐。

“土纹”的魅力一言难尽。他们店里也只供应三浦酒藏出产的“丰杯”，这是一家连外县人也很喜欢的清酒酿造厂。而且像“纯米新榨”“丰杯俱乐部”“N”这一类让“丰杯”铁杆粉垂涎的生原酒也只有在这里才能喝到。店里的料理正好可以让客人坐下来与它来个深度接触。“土纹”开张至今已经28个年头，而店主工藤清隆8年前才决定在店里只供应“丰杯”这一品牌的清酒。

“‘丰杯’的味道比较稳定，不同种类之间又有些微妙的差异。我们向工厂订的都是生原酒，日子越长酒的味道就越醇。我想给客人提供醇中带甜的清酒，所以通常不给酒瓶盖盖子，让酒接触空气，挥发掉酒里的涩味和苦味。”

熟悉当地酿酒厂的特性，了解每年产品的不同品性，且把最佳口味带到客人面前。“土纹”体现了酿酒厂与居酒屋之间一种最理想的关系。那天晚上，工藤向我们推荐了5种酒：

一、纯米新榨无滤过生原酒

二、丰杯特别纯米

三、纯米吟酿生酒

四、丰杯 TSURUSHI 酒大吟酿

五、丰杯俱乐部纯米大吟酿

这几种酒的味道都相当有棱角，再加上清澈的透明感，我一下子就被“丰杯”俘获了，而不胜酒力的K田君则一边小口浅尝一边把刚出炉的热墨鱼肉饼往嘴里塞。这个肉饼得由厚刃尖刀将整只墨鱼不惜工本地剁碎，再经过洋葱、鸡蛋、淀粉、盐巴和白胡椒调味，墨鱼本身的鲜味和香味就都调动起来了。炸出的墨鱼肉饼较之汉堡肉饼更有后劲，完全可以成为世界遗产级别的美食。

“这是我弘前长大的母亲常做的味道。之前我试过用绞肉机绞，但绞出来的墨鱼黏性太大，味道出不来，还是自己用刀剁出来的好吃。”

包括一起在厨房里帮忙的店主的妻子，她也觉得旧时弘前的口味才是她熟悉的口味。而说到津轻就不得不提贝烧味噌了。

“以前感冒的时候我们常吃这个，当时是把鲷鱼肉剥出来放进去做的。”

贝烧味噌是在扇贝壳子里放入蛋液、葱花、味噌和烤过的沙丁鱼干，然后连贝壳一起直接拿到火上去加热。尝过的人无不赞叹，要奈良来解释就是：“在津轻地区有很多料理，人们光听名字是想象不出它的味道的。”不过我看见生平第一次吃鳕鱼鸡蛋（将晒干的鳕鱼肉剔下来拌入蛋液里，用来下酒的一道小菜）的F野小姐已经陶醉其中了。

“这鲜味不停地往外冒，真想就一直这么嚼下去。用这个下酒实在是太棒了。”这姑娘生于东京老城，身体里却好像流着一半津轻人的血。

我们醉心于津轻的美酒，醉心于弘前的美食，还醉心于工藤夫妇二人的人品。今夜又是一个完美的夜晚。最后我们要了一个“土纹”特制的蛋包饭，3个人分着吃了。

愉快的旅程总是叫人兴奋，时间不觉飞逝。第二天清晨，去了我喜欢的市场街“虹市场”，再次与津轻的春天撞了个满怀。雷鱼、新鲜鲱鱼、十三湖的蚬子、虾蛄、海鞘、藤壶、盐渍多线鱼、鲳鱼、比目鱼、鲱鱼干、茶色小圆球似的雷鱼子、蕨菜、紫萁、荞麦豆芽、曲根竹、荚果蕨、八角金盘的嫩芽、土当归、蟹甲草。再看看熟食铺，里面有酱味鳐鱼、鳕鱼味噌烧、酱烤雷鱼串，还有金枪鱼寿司、炸鸡块、鹌鹑蛋火腿肠、咖喱鱼肉饼。每样都勾起了我的购买欲，真叫人为难。

弘前真是一个深不可测的城市啊，每踏进一片不同的土地就会有一个不一样的世界在那儿等着你。就拿苹果来说吧。

弘前地区种植苹果始于明治八年。如今青森县的苹果产量已经达到了日本第一，而县内第一大苹果产区就是弘前。如果你知道弘前公园那棵著名的百年樱花树之所以能开得那么美，全是苹果剪接技术在起作用，那你一定会理解太宰治“弘前吾爱”那句话里所包含的全部感情。说到这你是否会想起那位天才的苹果传道士呢？木村秋则。由木村秋则创造出的无农药全自然栽培法栽种出的“奇迹苹果”也是弘前的特产。

不过话说到这里还不算完。有个男子自从遭遇了“奇迹苹果”，便制作出了深受料理界赞誉的杰作——苹果浓汤。他就是在亲方町经营法国餐厅“餐厅山崎”的山崎隆主厨。我们那天中午第一次品尝苹果浓汤，就被深深震撼了。苹果浓汤的味道微微有些酸，又微微有些甜，汤色极其透明。给我们印象最深的就是这碗独特的凉汤已经充分溶入了奇迹苹果的滋味。

“我这碗汤绝对不会输给东京人，”山崎主厨一开口就直截了当地说，“我把木村栽培出来的苹果整个都用在汤里了，连皮连核。调料我只用了甜香酒、肉桂和盐巴。材料就这么多，非常简单。如果不用木村种的苹果，味道就出不来，而且作料越多苹果的味道就越差。20 年前我就开始尝试做这款汤了，直到 4 年前才成功。”

在津轻这块土地上成长起来的料理人，通过回归津轻本土的方法创作出了无人能比的美味。

我再次想起《津轻》一文中的描述：

> （前文省略）生活在弘前城下的人们似乎总有一种严肃又可畏的反抗精神。

三浦酒造是一家有着自己代表品牌“丰杯”，并在东北地区酿造行业占据旗手地位的酿酒厂。无论产品多么受欢迎，他们至今仍遵守年产400石的老规矩。如今年轻的三浦兄弟正作为第五代酿酒师在父亲三浦慧的指导下，主持酿酒工作。我们走访了酒厂，在这间创立于昭和初期的老酒厂里，一眼就看到了他们自己的精米机。三浦酒造是全国唯一能够使用丰杯大米的厂家，他们与农家签订了种植合同。由三浦一家生产出的清酒无论县内县外都相当受欢迎。

“我们不但钻研技术，有时候也会玩一些小花样。每年我们都会放下包袱搞一些新尝试。”听到父亲这么说，大儿子附和道：“如果我们自己不开心就无法叫客人尝出酒里的愉快来。”

自信与反抗。我体会到了，这两个因素正是津轻男子的热情之源。那么我们这两天所受到的津轻风格的深情款待又如何呢？确实叫我们感慨万千。在这里我又得提起

《津轻》这篇文章了。谁让太宰治写得那么贴切呢？我只好原话照抄：

> 我写这篇文字的时候绝对没有夸张。这种宛如疾风暴雨般的款待就是津轻人表达感情的一种方法。

我是被人拽着结束了这次的弘前之旅的。当我们为乘坐东北新干线来到新青森站时，没想到在车站里等着我们的竟然是一台专卖青森产清酒的自动售货机，而且还满怀深情地派出了5个品牌的代表选手一起来送行：

喜久泉吟酿

陆奥八仙华想纯米大吟酿

八甲田OROSHI大吟酿华吹雪

丰杯特别纯米

龟吉纯米吟酿

全部都100日元一杯。我们仨就像定在了自动售货机上一样，拿着兑换来的好几个百元硬币，准备把每一样都尝一遍。

等我们再次登上东北新干线，眺望着窗外新绿盎然的景色，心中感慨万千。对日本人来说，东北地区就是我们心中的原乡啊。

清晨的大众酒场、夜晚的小酒吧

有人说："你可以喝酒却不能被酒喝了。"听了这话我就想："不被喝又怎样呢？"其实这不过是一个"被喝的方法"问题。怀揣着一些特定的小趣味慢慢地被酒精征服未尝不叫人舒畅，身心和谐的微醺之感才是这世上的大幸福。那些在"喝"与"被喝"之间游来荡去的感觉正是羽化升仙的境界。

偶尔，我们会在居酒屋的墙壁上看见这样的字条："酒不过三。"然而，爱酒人的随性却常常叫人愕然，放荡不羁不正是一盘绝好的下酒菜吗？"我才喝了两瓶嘛。"有人继续满不在乎地喝着；"哇，3 瓶都喝完了。"有人开心地叫着；"就不能再饶我一瓶吗？"有人可怜巴巴地哀求着。而酒却自有一种将人收放自如的本领。昭和时代有一位文学家就曾将酒的魅力描绘到了极致：

> 我不同意众人的说法，与其说酒能让我们摆脱现实，不如说是酒将我们带回了现实。

酒将人带回现实。这是个出人意表的说法，于是作家解释道：人们在工作时精神高度集中、头脑保持清醒，却忘了人之为人的本来面貌。所以我说，是酒将我们带回了“人本来的面貌”。

紧接着，作家作了如下的总结：

> 光喝酒也是不错的。因为酒能叫人回归本真，所以你想要干些什么其他的勾当那绝不是酒精的问题。最理想的状态就是永远都有喝酒的福气，其次就是即使不喝也能达到喝时的状态。我的人生目标便是永远保持喝球磨烧酒时的那份心情。

虽然读来如坠云里雾里，我还是暂且点头称是。如果人生真能拥有喝着球磨烧酒时的那种心情，该多么美好啊。不过，眼前的世界也并非全都那么不堪，因为还有许多喝酒的场所真能把我们带入羽化升天的境界。

位于东京北部的北区赤羽就是我们现世的天堂。酒馆名叫“MARUMASU 家”。8 年前初次登门时的情景我至今记忆犹新。下午两点拉开酒馆的大门，U字形的吧台边上已经座无虚席，粗略地估计一下，当时有近50个客人已经略带醉意，店内一派其乐融融的景象。

“欢迎光临。”身穿白色厨师服的大姐一声明快的招呼，立即把幸福感从我们心底唤了出来。

（这就是所谓的极乐净土吗？）

打那天起我便成了它的忠实信徒。酒馆每天上午9点开门，因为第一代店主在昭和二十五年创立MARUMASU家时说过：“我喜欢一大早就喝酒。”

事实上，赤羽一带刚开始只有18间棚户房。因为这里以前都是日本陆军的厂房、被服工厂和火药库，在战争中遭受了集中轰炸，昭和二十年时被焚为废墟。后来一批被强迫下乡的年轻人返城后决心重建家园，便在战争结束4个月后在此地建设了简易棚户房，形成一个经营的局面，快速恢复了此地的生产。由于赤羽是通往池袋和新宿方向的巴士集散地，这一带的黑市便在混乱的经济秩序下活跃起来。昭和二十二年东京都为赤羽颁布了第一号商店街许可，此地的商业活动瞬间繁荣起来。漫步在赤羽地区，我们很容易感受到一股乐观向上的气氛，也许这就是经过千锤百炼白手起家的精神吧。

一个春光明媚的日子，我再次走下JR赤羽车站。出了东出口，站在交通岛上，一眼就看到了写着“一番街”的巨大拱顶，一股昭和年代的气息扑面而来。这里是昭和三十年城市完成了区划整治之后，由3条商店街合并而成的一个大型商业区。餐饮店鳞次栉比，超市、蔬菜店、药铺、柏青哥，一应俱全。就连周围蜿蜒曲折的小路两旁都遍布着小酒馆，不用说它们都是从白天就开始营业的。路上既有买东西的大妈，也有附近赤羽小学的孩子，嘈杂的市井图像恰恰体现了赤羽的繁华。

MARUMASU家就在这一片商业区的中央，路的拐角上。店门前的大招牌上写着："昭和二十五年创业、专营鲤鱼和鳗鱼的MARUMASU家。"路过店门口，一年四季都闻得见烤鳗鱼的香味。我们走上前去，拉开了店门。

哇，今天是工作日的上午10点半啊，店里已经满座。只见两条平行的U字形吧台，长长地坐了一串顾客，他们一个挨着一个，面带微笑，正喝得一团和气。真好啊，这种纯净、透明的氛围，完全就是回归了人的本真姿态。所以我每次造访MARUMASU家，都会看到一个不寻常的画面——所有的客人头上都罩着天使的光环。酒还没喝心里满满的就都是幸福，我也得赶紧去找一个天使的光环戴了。

"您两位，这里有空位，请到这里来。"大姐爽朗的话语声在店内回荡，我们找到吧台右边的两张小圆椅子，赶紧坐了进去，大大松了一口气。

"哇，真好。"同伴K田君环顾了一下四周，立刻发出了感叹。我说得一点不错吧。让我们来看看聚集在MARUMASU家的诸位赤羽绅士吧：他们各自享受着自己杯中的酒，随心所欲，不急不缓，仿佛人生本应如此似的一口接着一口，每个动作都有礼有节。

“来一份水洗鲤鱼刺身和啤酒。”MARUMASU 家就是专做鲤鱼和鳗鱼的小酒馆嘛。我一般都会先叫一份水洗鲤鱼刺身或鲜鱼刺身。这些每天早上从洁净的鱼塘里抓来的新鲜鲤鱼，口味清新爽脆，蘸点醋味噌放进嘴里，简直就跟进了天堂一样，实在太可口了。

“我给你们拿了两个啤酒杯。”

听见啤酒倒进酒杯的声音，我们拿起杯子碰了一下，才喝第一口，K 田君便自言自语道：“嗯，大白天喝酒，真爽。”

不过他们可不是大白天的不上班哦，很多客人是刚下了夜班来这里小酌一杯的。喜欢 MARUMASU 家经常来光顾的回头客总是一拨走了再换另一拨，坐在我们身边的大叔似乎就是其中的一位。他和店里的大姐相当熟悉：“我不是说我最近搬到这附近来了嘛。离你们这么近，真不是好事，早上不喝一杯干啥都没劲。”

穿着白色厨师服的大姐立刻回了一句：“是吗？那很好啊。不过，你不必每天都来。”

“不要说得这么无情嘛。”大叔举起酒杯，开心地啜了一口。店里的大姐们早已将几十年的老顾客烂熟于心，包括他们的长相、对酒菜的喜好，不过她们从来不懈怠，总是像对待初次上门的客人那样认真地招呼每一位客人。这里包含着 MARUMASU 家最初的经营理念。实际上，

MARUMASU家的女服务员都是家里的女眷和亲戚。从他们的分工协作和待客之道上便能看出家庭成员间的默契。每天在店里接待客人的是第二代店主的女儿和儿子，她也是“鸡尾酒式烧酒嗨棒”的创始人，这种颇受欢迎的酒就是在烧酒嗨棒里加入薄荷和青柠的新口味酒。

不一会儿我们对面新换上了一位花白头发的客人，说：“来个巨无霸烧酒。”K田君没听说过这个词，便问：“什么叫巨无霸烧酒？”于是大姐转过头来，详细地向他做了解释：“我们不是用这个来兑烧酒吗？如果要1升装的大瓶子的话就可以做出5杯烧酒来。我们家一般烧酒卖400日元一杯，巨无霸烧酒一瓶则是1100日元，所以要大瓶子的话比较合算。”

“那给我也来巨无霸，还有煮牛筋和炸墨鱼。”

这个不胜酒力之辈，倒挺会跟风的，我赶紧不失时机地提醒他一句：“你看，墙上有张纸条。”哪里？哪里？K田君伸长了脖子，读了起来：“本店店规，酒水一人限购3杯。”

“写是这么写。不过如果要了巨无霸烧酒的话是不是就可以喝5杯了？”

这就是MARUMASU家的过人之处。我看见坐在我们左侧的两个年轻人已经默默地喝掉了两瓶巨无霸，听他们要“再来一瓶”的时候，大姐连忙回答：“巨无霸本来一个人只能买一瓶，不过你们俩年纪轻，我给你们破个例。”这

昭和25年創業
まるます家
鯉とうなぎのま
9点开始营业。
现在才二点，
就已经这么热闹了。
来一个巨无霸！
好嘞！
接下去，
把巨无霸和薄荷、青柠混在一起。
巨无霸烧酒！
配上鲤鱼刺身，
真不错！

来了！让您久等了。
好。
还要炸墨鱼。
呵——
我刚下夜班，从10点开始喝酒。
这就是鳗鱼。
又便宜又好吃。
入口即化。
哇！
好软！
因为老店主喜欢一大早就喝酒，
所以才开了这家店。
炸墨鱼来了。
以前更早，
7点还是8点？
赤明工厂多呗。

种灵活机动的经营之道真叫人佩服。如果有人点了“富久娘”（定价才350日元），大姐就立即接口说：“来一个小姑娘（富久娘的商标）。”我打心眼里喜欢她这种机敏的应对方式，老练果断，不拖泥带水，完全是MARUMASU家特有的风格。我的脑海里不禁浮现出“好店养好客”这句话。店中没有人挑三拣四，既不装腔作势又不逞强好胜，不矫揉，不造作，都自然地遵守着一个规矩。这难道不是酒馆最理想的经营方式吗？

酒馆第一代主人原先经营一家自行车寄存处，后因为“我喜欢一大早就喝酒”便转行开酒馆，现在继承酒馆生意的是第2代店主石渡胜利（69岁）。这第2代店主从孩提时代就帮着家里看店，他一张嘴就是一部大众酒场的珍贵历史——

昭和二十年代中期，酒馆早上七八点就开门了。那时候这附近有很多工厂，比如大日本印刷、日本化药、雪印，还有很多出租汽车司机和消防署、国铁公司的职工，从早上就开始营业的酒馆里我们家是最早的一家。

那时候我们卖的多数是合成酒、烧酒和啤酒。不过啤酒价钱贵，几乎没有客人点。我们家在酒杯底下放一个盘子，卖升酒，定价30日元。炸墨鱼等油炸食物定价20日元。这个价钱是为拿当日工资的工人设定的，考虑到他们能从工资里拿出喝一杯的钱，剩下还有100多元可以带回去当家用。我父亲曾经也当过小工，所以非常清楚普通工人的想法。直到昭和三十七年我们才开始改卖清酒，不再供应合成酒了。

我小学一年级起就帮家里看店。我看那些客人点两杯烧酒再吃一盘炸墨鱼，基本上就花80日元的样子。不过他们很爱往卷心菜上厚厚地浇一层沙司，这也算个大餐吧。昭和三十年代，一个客人一次差不多会花200到300日元。在喝酒上我们店如果一天的营业额超过了10万日元，店里就会给大家发100日元的红包。现在一个客人一次花销大概在2000日元左右。我有时候到店里来也会批评他们把价钱定高了。因为我自己也很小气，哈哈哈。

我们家的定价虽然便宜，给客人供应的刺身和鳗鱼可都不差。刺身的材料甚至比寿司店用的还好。我父亲最初是想开一家像浅草那样的食堂，所以在工商登记时注册的是“大众食堂”的字号。以前店里还卖过咖喱饭、拉面、炒饭什么的主食呢。让当父亲的客人在这里喝一杯，孩子们则在旁边吃饭。如果有孩子在店里调皮，我会训他们。不过，也会为他们准备些小点心（笑）。有些客人后来互相成了朋友，我每年还会跟他们一起出去做个小旅行什么的。我刚接班的时候，有些老客人还嫌我做得不够到位，在店里手把手地教我呢（笑）。

以前职工们都住在店里，我也和他们同吃同住。我母亲和婶婶也都在店里帮忙。有时候我跟客人聊得时间太久了，他们就从背后给我一脚，跟我说别的客人还在店外面排队要进来呢，赶紧把里面的放出去（笑）。

再怎么说我们这也属于老城区，有些客人的酒品实在不怎么样，能做成现在这样真不容易。别以为我们是大众酒场，就得不分青红皂白地把每个客人都捧上天。如果要赊账的话，我就叫他们以后别再来了。所以我如果能重新选择职业的话，我绝不再干酒馆了，我要开点心店。哈哈哈。

即便是在大众酒场也不能太随心所欲，喝酒也要讲规矩，必须要让客人明白做人的道理。现在来我们店里的客人都非常清楚这一点，知道 MARUMASU 家可不是能随便撒野的地方。

自在的空气，热闹的气氛。隔着细长的吧台，MARUMASU 家的主人与客人休戚与共，至今仍保持着昭和时代的文化格调。主客之间教学相长，这间聚集了众多赤羽绅士的 MARUMASU 家里一定住着一位酒神。

我和 K 田君两个一会儿啤酒一会儿巨无霸，吃完了鲤鱼水洗刺身又吃了炖牛筋，这样过了差不多一个小时，双双都有些醺醺然了便起身结账。

“一号桌，算账。”店里的大姐话音刚落，在对面收银柜台的幸子姐就操起一块很有年代感的旧木板飞快地把账目算了出来。幸子姐在店里管账已经 39 年了，技术熟练得不得了。我们看了一下账单，一共是 2950 日元，一个人不到 1500 日元。这个价钱太叫人感动了。

进入平成年以后，赤羽附近已经发生了巨大变化，可当初从废墟上站起来的“一番街”各酒馆却都还健在。创立于昭和二十一年的“川荣”，至今仍在经营着大家喜欢的鳗鱼和鸡肉料理。不用说，昭和三十年建成的著名酒馆街“OK 横丁”（模仿当初的麻布十番的样子，取名为赤羽十番）也依然健在。在赤羽地区几乎无人不知的“八起”至今仍保持“OK 横丁”勇士的地位。“八起”的店主名叫古屋进，今年已经 86 岁了，地区规划后他在这一带购入了 16 平方米土地，创立了专营大肠火锅的小酒馆“八起”。这位拥有剑道七段、居合道七段资格的男子汉，是这一带赫赫有名的会长，如今他每天早晨仍与年轻人一起在店里串猪大肠。浓厚的人情味也是“八起”的一个特色，由他们家历代厨师自己制作的豆芽炒饭、锅贴都是别处尝不到的美食。这些在酒馆经营中的乘风破浪百炼成钢的坚强意志加重了我在赤羽喝到的酒味，让我深深陶醉。

赤羽也有赤羽自己的行事方式。我们回去时，往只经营立在柜台前饮酒的“IKOI”（上午 11 点开门）望了一眼，果然这里也坐满了客人。赤羽的绅士们在喝酒这件事上是

下午3点开始营业。
昭和三十年建成的老店，
八起！
豆芽炒饭
也独具风味。
鸡肉串。
哇！
好吃！
锅贴也是特色。
好吃！
嗯……
馅儿很不错！
美味啊！

很讲究的。他们先从自己的口袋里拿出一张1000日元的纸币，放在自己站着的吧台边上，这是规矩。

“一杯冰霜嗨棒。”

酒送上来后，桌上的1000日元就被收走，换上减去了290日元酒钱的710块找零。

“给我来盘豆腐渣和一杯生啤。”

豆腐渣一盘110日元，生啤一杯360日元，桌子上的1000日元纸币又换成了530块找零。立饮小酒馆就是这么实际，在赤羽喝酒，大家的酒钱自己看得见。而且下酒菜都很新鲜，价格也实惠。像凉拌豆腐、凉拌菜、炖牛筋、土豆炖肉都是110日元；洋葱蛋黄酱、碎竹荚鱼、海苔、味噌竹荚鱼、自家制叉烧都是130日元；猪蹄、薯条、凉拌土当归、蟹肉奶油可乐壳、鲸鱼刺身、炸竹荚鱼都是250日元。碰到厨房里做出了什么好菜，都会叫上一声：“天妇罗炸好了。”店家看似淡漠，却和客人十分协调。我从这些漫不经心的饮酒人身上看到了赤羽绅士的真性情。

一醉解千愁。有些煞有介事的酒叫人喝着精神紧张，而张开双臂笑迎四方客的普通小酒就叫人喝着畅快。与这些酒相得益彰的就是喝酒人的状态。前文引用过的那位文学家就这个问题也做过细致的描述：

与其醉来睡去时都一人独酌，不如到大街上去喝

早上11点
开始营业。
进入酒馆……
突然店主来了一句…
拿一千块出来。
总之，
先来一杯嗨棒。
桌上的钱，
马上被换成硬币了。
小菜点了土豆炖肉。
很入味，
好吃！
有点不够，
再来一份豆腐渣吧。

一杯，和周遭的人群打成一片。（当中省略）暂时放下你每日在脑海中与自己所做的对话，就这么喝一杯，倘若你感到孤独，那么你感受孤独的境界也大不相同了。

我还能说我不赞成这个观点吗？所谓“和周遭的人群打成一片”的地方不就是酒场吗？

“不过，我是不去酒廊的，”O沼先生（出版社职员 43岁）干脆地说，“比方说第一轮宴会结束了，就剩下自己跟另外一个男的，这时候如果一起去酒廊的话，就有点要私下谈话的意思，不好不好。两个人又不是真有什么话得私下谈。去夜总会？也不好玩，不去。到那种地方去还得瞻前顾后，太麻烦。”

这种时候去那里比较好。O沼先生说出了他喜欢的地方，就是小酒吧。听他这么一说，我不由得一拍大腿。

之前我特别喜欢读《东京小酒吧饮走记》和《天堂里有股酒掺水的味儿东京小酒吧魅酒记》（这两本书的作者都是都筑响一）。这两本书向我展示了小酒吧的魅力。由于日新月异的再次开发，东京的许多昭和年代留存下来的站前商店街和横丁、饮食店都不能幸免地被拆除了，紧接着那些小酒吧也将难逃消亡的命运。都筑先生一边叹息、怒斥，一边求道者似的每夜寻访小酒吧，写出刚才提到的那两本书。O沼先生也发表了相同的意见：“如果你想跟别人交谈的话，去小酒吧最好了。一般调酒师都是男的，说话没多大意思。而小酒吧里只要有一个妈妈桑在，气氛就柔和多了。发个牢骚、放松放松，大部分情况下都没有人会来阻拦。价钱再贵嘛，也不过5000日元，而且各家有各家的特色，不会叫人生厌。”

是吗？看来我们还得去一趟小酒吧啊。

我之前总觉得小酒吧就是个“唱歌的地方”，可能我的认识有失偏颇。不管怎么样，如果现在小酒吧正处在消亡的边缘，那还是应该去探查一下的。暂不理会小酒吧是否欢迎我这样的女客，走一趟再说。

一个春风狂躁的夜晚，我们在JR中央线的高圆寺下了车。我以前曾在高圆寺附近生活过，所以对《东京小酒吧饮走记》所描述的大街非常熟悉。这里曾经有两家电影院，周围非常繁华，小酒吧的数量也很多，然而1980年电影院关张之后，它们也跟豁了牙的梳子似的纷纷撤走了。我住在这里时的繁荣盛况已经完全没了踪影，可走在路上还是偶尔能看见夜路两边闪着一盏两盏小酒吧的霓虹。

哦，就是那儿。K田君以及和K田同时进公司的N田君，还有我，我们3个正在大街上走着呢，就看见了一块特别朴素的店招“灯”，完全是过去的式样，我们不由得停下了脚步。

其实推开小酒吧的大门是很需要勇气的。因为你在外面完全看不到里面的情形，看不见妈妈桑的样子，也不知道定价多少。这时候我想起O沼先生给我们的建议:“你们最好先在当地的饭馆打听一下:‘这附近有哪些比较好一点的酒吧?’这样他们就会给你几家店的名字。要打开小酒吧的门确实不易,但只要你说是‘某某人介绍的’,哪怕是第一次去,他们也不会为难你的。”不过今晚我们完全是不择对象赤手空拳。晚上八点,当我们战战兢兢地推开小酒吧的大门,天啊,只见一个只能坐5个人的小吧台里面正站着一个穿着围裙的妈妈桑,面带笑容地看着我们,约莫50岁的样子。

“欢迎光临。”店里闲闲的,时间也仿佛停止了一般。感觉不错。

“3个人,可以吗?”

“请进,请进。”

店内的墙壁上挂着一幅静物花卉油画,装在画框里。天花板上垂着一盏吊灯,电视开着,让我觉得好像是突然闯进了哪位熟人家的客厅。妈妈桑把热毛巾递到我们手里,问:“喝点什么?”那就先来杯啤酒吧。我们端着啤酒聊着天。“吃点这个吧。”妈妈桑把一碟小菜放在了我们面前,碟子里是一点贝类刺身、浇着蛋黄酱的西兰花,还有一些嫩萝卜苗。装盘的技术很普通,却听见她在我们耳边轻声说,叫我们随意。

我有些不太能理解自己。我以前从没涉足过小酒吧,也从来没想过要涉足,可我现在却有一种身在哪位朋友家里的感觉。不管是去酒廊还是居酒屋，都会有身处公共场所的紧张感，可小酒吧却不一样。明明是第一次来，妈妈桑却会问：“给你们做些什么吗？我今天做了点这个。”然后端上一小碗煮白菜培根。小酒吧的妈妈桑总是瞅准时机，给客人提供一些需要。客人无需自己点菜，非常随意。

“您常到这一带来吗？”进店半小时后，妈妈桑很自然地问。不，我们今天偶然路过。听我们如此作答。她就把自己10年前如何开店，以及店里的情况详细地跟我们介绍了一番，不想让我们觉得无聊。小酒吧的妈妈桑不会打听客人的姓名和工作情况，这点也很贴心。有几位常来的女客人进来唱起了卡拉OK，妈妈桑就细心地为我们添了点巧克力当点心。见我们差不多开始起身要告辞了，她又走到门外来跟我们告别：“还请再来啊。虽然这附近现在冷清了不少，我们店每晚都开着。”

我们在店里大概停留了1个半小时，点了一瓶啤酒、两杯嗨棒，一个人正好收了3000日元。这家店几乎就是小酒吧的原生态：一间走5步就会碰到墙壁的小房间，店里只有一位妈妈桑。对于一个无处可去的人来说，到这里就能找到“家”的感觉。

既然已经来了，今晚我们就再找一家其他风格的看看吧。当我们走进一家白色大门、蓝色霓虹闪烁的小酒吧，就看见了一位光彩照人的妈妈桑，她穿了一身闪闪发光的套装，踩着一双12厘米的高跟鞋，打扮得非常炫目。这是一间内部装修以白色为基调的宽敞小酒吧，里面一位当地的大叔刚刚把手里的麦克风放下。店里白天做茶馆生意，我们在桌边坐定，要了威士忌兑水，不一会儿妈妈桑端来了一碟十分家常的土豆炖肉，里面放了不少魔芋丝。这菜色和她穿的高跟鞋反差太大，让我觉出了小酒吧所蕴藏的矜持。

紧接着妈妈桑就开始招呼我们了。

“你们常到这一带来吗？”这句话好像对第一次见面的客人特别好使。我们彼此随便聊了聊，又要了烧酒兑热水，此后便向已经干了23年小酒吧生意的妈妈桑打听，最近有没有年轻人来？

“不来，他们好像不太喜欢来小酒吧，”妈妈桑的洞察力十分敏锐，“现在的客人都不喜欢跟陌生人交谈，所以也没办法交流。现在年轻人都不太会聊天，而且别人唱歌的时候，也不捧场，光顾埋头找自己想唱的曲目，找到了就一个人唱。所以……反正现在年轻人只顾自己开心。小酒吧又不是卡拉OK厅，是让客人在这里唱唱歌、听听歌、聊聊天、和陌生人一起欢度良宵的地方啊。可能有人觉得这太麻烦了吧。”

她说着，又叹息起了小酒吧将要消亡的命运。所以她很愿意看到有年轻的客人光顾。于是，K田君唱了一首冲绳小调，N田唱了一首英文歌，我就坐在一旁听歌喝彩。我们与这位老练豁达的妈妈桑聊着天，在小酒吧里待了一个半小时。结账时，啤酒加3杯烧酒兑热水，每人正好3500日元，相当于居酒屋畅吃畅饮两个半小时的费用。

“小酒吧挺有意思的。”

“认识一两间下了班以后就能随便过去坐坐的小酒吧，也蛮不错的。”

好吧，我来告诉你们，你们的前辈O沼先生说过怎样的妙语连珠：“小酒吧一般是自己一个人去的地方。一个人跑去，和妈妈桑说说话，和店里的其他客人聊聊天，是想找人聊天的时候去的地方，所以其他的要求最好不要太高。比如不能说不喜欢吃它们那里的下酒菜什么的，让你吃什么就吃什么，其他的别指望，好好认命。”

小酒吧既是我们在大街上的家，也是一个教你懂得人生的学堂。这么看来，当男人还真是好啊。身在江湖还有“妈妈”可以依靠，还有“家庭”可以庇佑。

顺便说一句，前面提到过的昭和时代的大文学家，还有这样精辟的描写，简直叫人陶醉——

> 喝酒的人，是无论喝到几点都要喝下去的。所以绝不会想着最后一班电车已经要开走了，或者想着还有书稿没有写完，就停下不喝。（当中省略）喝酒的人一定不会忘记，喝酒这件事其实就是这样一幅情景——一边喝酒一边看着窗外的朝阳照在了院中的山石上，然后中午，然后月亮升起，又坐到廊下对着月

光下的庭院继续喝。这样一次一次地举杯直到天空再次泛起晨光，才猛然意识到又到了朝阳照在院中山石上的早上了，于是跟同伴说："一会儿是夜晚，一会儿是白天，这太阳还实在是忙啊。"

说这话的就是吉田健一，大名鼎鼎的酒豪，他写了许多有关喝酒与饮食的著作。我突然有点异想天开：如果把吉田健一带到赤羽的MARUMASU家去的话，这位老绅士一定会满面笑容，开心地饮上好几杯吧。

（文中所引文字均来自吉田健一著《酒肴酒》一书）

下乡吃牛排

有时候会突然冒出一个念头。

“我要吃肉！”

馋烤鸡肉串了？绝对不是。是那种想大口吃肉的感觉。不是吃白肉，得要红的。不知大家有没有这种经历，反正我常常会有。其实我既非无肉不欢的肉食族，也不是注重养生的草食系，只是一个什么都吃的杂食动物而已。可有时就会莫名其妙地想吃肉，想得发疯。

今天我兴冲冲地来到了京成铁道的立石车站。这里离寅次郎的大本营葛饰柴又不远，走下台阶立刻就能感受到浓浓的市井气，叫我瞬间轻松起来。从车站步行 1 分钟就到了“立石仲见世”，这条小路上暗藏着桃花源——它就是经营烤大肠的居酒屋“宇多”，东京老城区数一数二的居酒屋。

隔着很有年代感的酱紫色布帘，我看见店内的一排小圆凳上都是大叔的身影。今天既非周末，时间也才下午4点，天还亮着呢，这里却已经坐满了客人。大家一个挨一个，各自沉浸在微醺的幸福之中。于是我与他们一样掀开布帘，成了等位客中的一员。只见店里的大锅冒着热气，散发出阵阵香味。再看看烤大肠的烟雾、磨圆了桌角的木头吧台、摆成一排的啤酒瓶和梅汁兑烧酒的玻璃杯，整个人就轻飘飘起来。

“您3位，到这里来吧，角落里有空位。”

店里小哥敏捷的身姿带着老城特有的利落，丝毫没有多余的动作。我被小哥招呼到座位上，一屁股坐下来扬声道：“一瓶啤酒、一份生猪肝、醋拌猪百叶、盐烤猪头肉，再来一份炖大肠、萝卜片，不要加酱油。”

今天的同伴还是K田君和他的上司Y先生，他们两个正不知所措地张望着呢。第一次来“宇多”的客人大多会这样。因为菜单上只写了“烤大肠”和“炖大肠”两条，既没有定价也没有菜品。店里貌似杂乱无章，却自有一种井然的秩序，客人们都在津津有味地吃着。他们俩还没能找到感觉，故而惶恐不安。不过，没事的。我第一次来的时候，也被这种情形吓到过。

“我从小就不爱吃猪肝，”第一个胆怯的人就是坐在我身边的Y先生，他小声地跟我说，“猪肝一放进嘴里就有一股血腥气，不是吗？我挺不习惯那个味道的。”他边喝啤酒边嘟囔。一个小碟子端上来了，是生猪肝（很遗憾，2013年起便不再供应了）。只见猪肝颜色紫红，切得棱角分明，一看就知道十分新鲜。我就是想来吃这个的呀，也想让他们俩尝尝。以前我见过一位号称“烤大肠博士”的朋友，在吃到“宇多”家的猪肝时，手都快握不住筷子了，他说：“这是我迄今为止吃过的最好吃的猪肝。”

“那我尝一块。”Y先生小心翼翼地夹了一块，蘸了点生姜酱油，放进了嘴里。喜欢吃烤大肠的K田君紧随其后，我也赶紧夹了一块。

“哇，”讨厌猪肝的人大叫了一声，“这到底是什么啊？好柔滑，还有点甜，一点腥味也没有。真的是猪肝？”

喜欢烤大肠的K田君也眯起了眼睛，不住地点头称赞。第二道菜又上来了，是“醋拌猪百叶”。就是将烫过的猪百叶切丝，然后拌上醋，味道很清爽。炖大肠是用味噌煮的，色泽艳丽，口味浓郁。盐烤猪头肉，就是把加了盐的猪头肉串在竹签上烤，又脆又韧，越嚼越香。吃过几道肉菜后，我们又嚼了几片切得厚厚的萝卜片，换换口味。所谓“萝卜片不加酱油”，就是让店家别在萝卜片上加酱油沙司的意思。

“啊，所有菜都很好吃，炖大肠也不是普通的美味，好有年代感。”

“宇多”创立至今已经60余年，是大叔们心中永远的桃花源。我们喝完啤酒，又要了一杯梅汁兑过的烧酒。只见店员把烧酒倒进托在盘子上的玻璃杯里，再往杯里加梅汁，这种喝烧酒的方法只有老城才有。

那我们就再加点菜吧。

“酱味猪头肉、盐烤大肠、软骨，各来一份。”

“好嘞。酱味猪头肉、盐烤大肠、软骨。”

小小的店铺密密匝匝地坐了大约有40位客人，却丝毫不觉得喧闹。来喝酒的男客基本上都是单独一人，且都是多年的常客，他们早已成了“宇多”的一道风景。有人说生客不容易打入这个圈子，其实并非如此。我第一次来的时候，也很手足无措，坐在身边的大叔就跟我推荐：“这里的味噌猪百叶不错。”“烤软骨撒点盐巴，你尝尝看。”“都挺好吃的。”真是多亏了这些老城区人的爽快。我也是在他们的指点下，才知道还有一道叫“猪脸肉，少点肥肉”的下酒菜。

“猪脸肉”是指将烫过的猪头肉中油比较多的部分串在竹签上烤着吃的一道菜，有盐烤、酱烤、白烤和味噌四种口味可供选择。所谓“少点肥肉”是指连着肉的肥肉要少一点。当然也有些人喜欢肥肉多一点。刚开始我也有点不太习惯，不过确实好吃，把烤得软软的肉从竹签上取下来，放进嘴里，立刻就有一股又热又香的美味充盈在口中。我今天一定要让这两位第一次来的伙伴见识一下。

“还有这种东西啊？”

“都是我从来没听说过的。”

不一会儿装着两串“猪脸肉，少点肥肉”的小盘子就端了上来，盘中肉色鲜亮。两位男士同时把它们放进了嘴里，又同时瞪大了眼睛。

“太柔滑了，好吃。完了，吃了还想吃。”

“前辈，我能再点一份吗？再来一杯梅汁兑烧酒。”

“好，吃吧，喝吧。今天这顿我请。”

肉能激发人的斗志，我们握着竹签吃着烤大肠，情绪越来越高。哪怕是看别人狼吞虎咽，也很痛快。老城区昏黄的阳光、梅汁兑烧酒，样样都叫人满意。算账时一看账单，更加一发不可收拾。很快我们就8个小菜下肚，“只打算喝一杯”就走的3个人，结果一共吃了3240日元。葛饰老城的物美价廉简直叫人感动。只要拿出一张千元纸币就能令客人心满意足，“宇多”真是世人心中的桃花源啊。就连一激动就要请客的Y先生，在掏钱包时也不由得热泪盈眶。

“今天我们吃牛排。”

小时候特别喜欢看爸爸忍着笑意向我们大声宣布这个消息的样子。昭和四十年代初期，说到吃肉那就是一顿大餐啦。家里有牛排或者寿喜烧吃，就是不得了的事情。牛排一般就是大人手掌的大小，厚度在1厘米左右。每次妈妈打开那个买来的厚竹叶纸包，里面就有4块叠在一起的牛肉，肉边上还有一块白色的牛油。我们家煎牛排的时候，用的都是做寿喜烧的铁锅。等黑色的铁锅一烧热，爸爸就把牛油放进锅里，拿筷子按住涂满整个锅底。牛排放进热锅里，发出刺啦的响声。爸爸煎好一块就往盘子里装一块，按顺序分给妹妹、我和妈妈。爸爸把番茄酱和辣酱油与锅里刮出来的肉汁拌在一起，趁热给我们浇在牛排上。都分完了他才给自己煎，一边煎一边呷一口威士忌，笑盈盈地把牛排切成小块。

我忘不了小时候吃的牛排，只要想起牛排这两个字，胸口便会一紧。这不仅仅是因为怀念，而是想到肉在嘴里时，肉汁里迸发出的美味，全身就跟通了电似的，让我千真万确地感到一阵阵的快乐。是牛排让我懂得了本能被满足时的快感。

“今天我们去吃烤肉。”

决心一下，就像一个好球飞进了击球线里一样，再也不能回头了。烤肉点燃了我身体里沉睡着的野性。

这次我们去的是月岛。从大江户线月岛站出来之后，我们便往一家名叫“韩灯”的经营韩国料理和烤肉的饭店走，店主是一位九州小仓出身的韩国大妈和她的两个儿子。他们经营烤肉店已经23个年头了，后来找准时机将店铺搬到了东京，如今也已有6年的历史了。由于他们坚持挑选优质牛肉，并自己动手制作辣椒酱和泡菜，这种尽心尽力的精神吸引了不少顾客。我也是自他们在东京开店之后，听到传闻就赶来尝试，从而成为“韩灯”粉的，只是这两年少有光顾了。我今天之所以想再访“韩灯”，是因为这里的常客，在银座经营烧鸟店“birdland”的店主和田利弘说了一句话，给我留下了深刻的印象：

“他们家那个采购牛肉的金大哥，人虽长得温文尔雅，可一旦碰到牛肉不合心意，就马上会跟批发商翻脸。他对牛肉的要求可不是一般的严格。虽然我在都内也去过不少烤肉店，但他们家的肉，无论品质还是做法都是一流的。他们用空调来保证正在烤的肉不会干掉，听到他们这么说我这才知道其实烧肉后边也是有许多学问的。”

既然连烧烤界的专家都这么说，我当然就得立刻坐上地铁往月岛走一趟。如果让我在“韩灯”点菜的话，那我肯定要点这个——“一头牛”，定价2800日元。其中包含了里脊肉、牛五花、牛颊肉、牛膈膜、牛舌筋、牛肝、牛头胃、大肠、小肠、牛三胃，牛身上的10个精华部位，从中各取一片装成一个拼盘，为的是让大家把牛的各个部位都好好品尝一番。如果他们不是对自己的牛肉充满自信，是不敢这么做的。现在我面前就端来了这么一个大拼盘。

我深深感叹原来高品质的牛肉如此美丽，新鲜的内脏明艳照人，它们富于弹性和张力，使切口看上去轮廓分明，装在盘子里就像一朵美丽的花。我把自己的感受告诉了店主金大哥金英德，他那张温和的脸上绽开了笑容：“我们都是等客人下单以后，才把肉一片片整齐地切出来的。瘦肉选的是黑毛和牛，一般母牛的肉质比较细腻，味道浓郁。我每次采购牛肉都会亲自检查牛油的颜色、瘦肉的色泽、弹性以及肥瘦相间的程度。选择二三十千克的牛肉块买回来，然后按部位分成小袋真空包装，再放到1—2度的冰箱里冻一个礼拜，这样处理过以后牛肉的味道才更醇，也更香。”

冷藏处理，这是提高肉质的一个手段，与单纯的保存完全不可同日而语。金大哥高中时便在肉铺打工，他深深懂得，牛肉是不能冷冻的，只有在生肉的状态下处理过的牛肉才更能发挥其原味，这也是他在牛肉上下的功夫。店主对食材如此用心，客人怎么会不愿来呢？况且店里还提供牛肩肉、牛肩里芯肉、一头牛身上为数不多的肋骨肉、里脊以及一些稀少部位的牛肉。

“话一会儿再说，先吃吧。”我们光看着不吃，Y先生脸上便露出了焦急的神情，他居然无聊到晃起了双腿。没想到同一个人在肉和蔬菜面前会有完全不同的两副面孔。以前跟他一起去吃素食时，他可不是这样的。

下面总算该大妈登场了。据说金大哥的母亲要亲自给我们烤肉：“烤肉就是要在烤好的那一刻赶紧吃。有时候看到肉都烤好了，客人还在聊天，我真的很难受。”

我仔细观察了一下，发现烤肉也有专门的烤法，关键是要把肉放在火最旺的地方，烤一下就拿起来。烤的时间太长了肉就老了。不要拿筷子去压肉，也不要乱翻，这些多余的动作都不要，只需注意火候就好了。要把肉烤得好吃就得学会无为而治。金小弟金哲晶也在一旁插嘴道："一旦把肉放在铁板上了，就静静地等着，差不多了就翻个面，就这么简单。老去拿筷子翻的话，肉的香味就全翻没了。"

此话深得我意。我平时就主张：烤肉只翻一次面。

① 把肉放好后就等着。

② 变色以后，肉表面就会浮出一层淡粉色的肉汁。

③ 瞅准这个时机赶紧翻面。

④ 反面在火上烤一下。

一般正面烤六分熟，反面烤四分熟。牛肉的鲜美都在肉汁里，千万不要翻动，把肉汁藏在肉里，这样一烤好就迅速地……有金大妈的实际操作，我便在旁边唾沫横飞地解说起来。突然，Y 先生插了进来："那块肉是不是烤过头了？"这人实在讨厌。反正我的意思就是，人家精心为我们准备的牛肉，我们也要认真对待好好品尝。再怎么样，烤肉的美味最后还是要由客人自己来掌握的。

一盘"一头牛"实在是太好吃了。拼盘里既有重口味的，又有重油的、清淡的、有嚼头的，金大妈把它们各个都烤得恰到好处。牛的脸颊肉，我们越嚼就越有味，香气直冲脑门。五花肉的油脂在口中扩散，十分华美。最叫我们激动的是牛肝，把它在火上稍微一烤就放进嘴里，于是它就像一片雪花或者是一团雾似的化了，口有余香。

"好像吃到了高级鱼白子似的。"长到 42 岁才第一次在

“宇多”见识了猪肝的Y先生，眼睛都有点不够用了。他在吃烤肉的间歇，把金大妈自制的辣椒酱涂在韧韧的大肠、小肠上，美美地享受着那牛脂的甘甜。接下来是店里最拿手的里脊肉了，吃到嘴里就像绢丝一样细滑。最后一道是口味清淡但特别有嚼头的牛的第三胃……我简直要张开双臂紧紧拥抱这“一头牛”了。

牛是人类以食用为目的饲养的一种最大型动物。日本人自明治维新后开始食用牛肉，此后不断改良品种，为提供“更美味”的牛肉，将牛放在牛圈里饲养，以便控制食用牛的血统和健康。能被称作“和牛”的一共有4个种类，其中最具代表性的就是黑毛和牛。现在日本各地大约有229个品牌的黑毛和牛。前几年宫崎县发生的“牛肉事件”波及各地养牛农户，连烤肉店也受到了影响。

“我们不盲目追求品牌，而是靠自己的眼睛去挑选优质牛肉。尽管有人一直在说我们店的肉价格太贵，不过为了能让客人吃上最美味的牛肉，采购的成本也就很难降下来。况且这几年和牛的价格本身也一直居高不下。”

“韩灯”供应的牛肉，包括了牛的各个部位，哪怕是一条牛舌也分成四类提供给客人选择。看到金大哥将一块硕大的牛舌精准地切分开来，一点不浪费，完全可以感受到他对手中牛肉的那份情意。在他的努力之下我们才能品尝到这么美味的牛肉，所以我们自己也必须认真地把牛肉烤好。

我们坐在回去的地铁里，感觉就像吃了一顿极好的寿司似的，里脊肉、牛肝、牛舌、大肠……把它们放在舌尖上的感动，这时候又一个个苏醒了过来。就着这点回忆，我都能喝下一杯啤酒。这家的烤肉可真“有魔力”啊。

“今天我们去吃牛排！”

这肉一吃上瘾了就停不下来，完全丧失了理性，就像鼓足勇气去寻找猎物一样。况且我们今天要的还不是一般的牛排。喜欢吃肉的人倘要把肉吃个饱，那就一定得去东向岛的“片山饭店”，那里有用澳洲牛肉制作的“肽敏丁牛排”。

“肽敏力牛排”，这名字听上去有点要弄人的意味，不太舒服，可这却是店主片山幸弘自创的一种牛排切割法，并取得了国家专利。只要他把切下来的3厘米厚度的牛肉，去筋去油以后一整块地放到你面前，你准会紧张得说不出话来。牛排选用的是后臀肉，一把刀插进小山似的肉里，立刻出现一道丰润的红色，用叉子叉起来放进嘴里，一嚼嘴里就满是浓浓的肉汁，征服欲瞬间在体内流淌。一块260克的澳洲牛排，配上米饭、色拉、味噌汤，叫人吃得饱饱的，定价才1720日元。不过这还不是最丰盛的，牛排还有310克、360克、410克、460克、510克、610克……许多种类可以选，真不知道这里牛排的最大份是多少。不过想到“今天是好好吃一顿肉”的良辰吉日，“肽敏丁牛排”就能将人推上激情的巅峰。

店主片山昭和11年出生，祖上三代都生活在隅田地区。“片山饭店”创立于昭和51年。店主虚心好学精益求精，为做出价廉物美的牛排不断努力，终于创造出自己的“肽敏丁牛排”。据说之所以取了这么个名字，皆因店主对达·芬奇的崇拜①。当然自己能在肉类加工领域取得专利也是片山的自豪。他做的牛排价廉物美，为店里招来了许多顾客，使“片山饭店”成为了老城牛排店的一块圣地。

牛排这种食物来不得半点虚假，一切好坏都会从肉味上反映出来。所以片山师傅专门选择了澳洲牛肉。以青草饲养出的草牛，肉味清淡；以谷类饲养出的谷牛，肉味醇厚，两者都是澳大利亚政府认可的正品牛肉。

“如果想大块吃肉的话，就选澳洲牛肉。和牛肥瘦相间，想大块吃肉的时候，肥肉就有点腻人了，”片山师傅直截了当地说，“草牛肉的肉质清爽，和米饭的感觉差不多，大口大口吃都不腻。”

大口大口吃肉。这话听起来就痛快，任谁都会抖擞精神的。我们在京成立石的“宇多”聚过之后，今天正好是两个礼拜。Y先生、K田君和我3人此刻正坐在“片山饭店”的一个角落里望着天花板发呆，计算着我们今天到底能吃多大块的牛肉呢？

我第一个打破沉默，说：“510克吧，总得是这个数。”

---

① 肽敏丁日文发音与达·芬奇接近。

来……
啦！
肉来啦！
今天的牛排可不一般。
是原创的『肽敏丁』牛排。
牛排无法糊弄人。
因为吃的就是原汁原味。
想要大口吃肉，就吃牛排吧！

哇！
这就是510克！
啊——
嗯……
好好，
嚼嚼。
根本停不下来。
啊——
好吃！
嗯！
清爽！好吃！
嗯。
嗯。
好了，
吃完啦！

于是两位男士都惊得一仰脖："510？这不可能吧？又不是大胃王比赛。""嗯，我们又不是牛。"

片山师傅也赶紧在一旁相劝："我们也有A5级的和牛，味道非常好的，一块100克。要不您吃这个吧？"

那怎么行？我说了就一定会吃。平时我在家吃牛排，都是要200克的，正好够我吃饱又吃好。所以来个310克应该不在话下，410克的话稍稍有点心慌。所以我干脆报个510克挑战一下。其他两位男士也跟我一起上吧。

到底是510克的牛排啊，真不可小觑。较之510克的生肉块，端坐在铁板上的510克的熟牛排看上去更大，这到底是为什么呢？只见这块"肽敏丁牛排"，厚度在4厘米，宽有15厘米。我不知道该叫它岩石呢还是砖块，真有点吓人。老实说我心里还真有点打鼓。不过刚才片山师傅那句"大口大口吃"的话很有推动力，于是我赶紧拿起了餐刀。

一刀下去，牛排内侧就显出了红宝石似的瘦肉，既没有肥瘦相间的部分也没有肥肉。牛排上浇着肉汁和雪利酒混合成的沙司，还有诱人的蒜香，肉一点不肥，口感始终很清爽。我把它一块一块切了，配着一起端上来的番茄酱意面吃。这肉嚼起来就如同天神降临了似的，只感觉一股一股的肉香从口中涌出又直接进入了大脑中枢，叫人浑身舒坦。吞下去时又像攻陷了一座城池似的，心情格外舒畅。快乐的情绪让我周身发热，我马上就要挑战510克的最高峰啦。

登顶了。510克的牛排全部被我消灭，真的是“大口大口吃”下去的。在吃完400克时，我稍微放了放餐刀，但重新鼓起劲后就一举跨越难关，直抵510克的顶峰。另外没有动一口饭和一口薯条也是我成功的秘诀。看一眼Y先生，他剩了半碗米饭，不过把海藻味噌汤都喝了。而K田君为了礼貌把最后一粒米都吃进了肚子里，所以他现在有点喘不上气的样子。哎，大家应该多考虑考虑战术嘛。

第二天早上，又一个牛肉奇迹发生了。不管你相不相信，当我站在体重计上时，居然发现自己体重下降了920克。虽然我知道多吃蛋白质可以帮助消耗体内的脂肪，但还是第一次在自己身上得到了印证。真是太不可思议了。

京成立石、月岛、东向岛，这些老城区都好棒。东西便宜又好吃，量还很足，完全可以满足“我今天要吃肉”的欲望。吃完了以后自己就像双手捧了鲜花似的，颇有成就感。

“手脂”的味道

“17 号强台风正向南方海上移动，风力不断增强。预计明后天冲绳本岛将进入暴风雨圈。”早上 9 点，我们站在羽田机场前往冲绳的登机口前，身边的电视里正在播报以上内容。不过，我和 K 田君还是按照原计划前往冲绳。K 田君一边扣安全带一边说：“我刚才跟垂见先生通了电话，确认了当地的情况。他说冲绳目前还没下雨，今天应该没问题。”

通话的对方名叫垂见健吾，是一位摄影师，这次将与我们一道旅行。他在冲绳已经生活了 25 年，完全习惯了“差不多主义”。担心也无济于事，明天的事明天再说吧。

我在座位上坐下，机舱里人不多，看来大部分人都取消了行程。不过，这趟飞冲绳的航班还是准时起飞了。

“欢迎欢迎。好久不见了。台风还没过来呢，风是有点大，不过还没下雨。”到那霸机场来接我们的是垂见健吾大爷，他依然是一副目光炯炯的模样。垂见大爷1973年初访冲绳，他在日本全国拍摄作品，后来发现冲绳最对他的口味，便于1987年迁至冲绳定居了。如今他对冲绳的本岛以及各离岛均已了如指掌。我们坐上车驶出了机场，路边的椰子树叶被狂风刮得猎猎作响，歪歪倒倒地在坏脾气的天空下摇晃。空气中湿度好大。

闲话少叙，先去填饱肚子。跟往常一样，我每次到冲绳第一顿饭都去食堂吃。就是当地人常去的，那种普普通通的大众食堂。外表一点也不起眼，朴素得不能再朴素。可只要一推门，就会发现一个人声鼎沸的日常美食世界。快餐店完全无法跟它相提并论，冲绳的食堂不但便宜、迅速，还好吃，加上菜品丰富，一不小心就让人陷入选择困难的奢侈烦恼之中。

垂见大爷说他要带我们去他最近特心仪的一家食堂，就是位于与仪的“铃兰食堂”，在一家制造琉球玻璃的工厂旁边，已经有45年历史了。据说过去它是那霸为数不多的24小时营业的食堂。现在刚过中午，风暖暖的，我们推开了食堂的大门，只剩一张空桌子了，店里满是吃饭的人。

“推荐你们吃这里的味噌汤。”

冲绳食堂里的味噌汤，料特别足，算很像样的一个菜呢。

午市餐套 A　800 日元

炸猪排　750 日元

寿喜烧　500 日元

味噌丝瓜　500 日元

青椒　500 日元

味噌汤　450 日元

苦瓜炒什锦　500 日元

炒时蔬　500 日元

蛋包饭　450 日元

猪肉炒蛋　450 日元

以上还只是一部分的菜单。客人只要点一样菜，就会自动搭配一碗米饭。大爷点了味噌汤，我在“味噌丝瓜”跟“寿喜烧”之间左右为难，最后还是选了寿喜烧，因为我还从来没在冲绳吃过寿喜烧呢，冒险试一下。K 田君比我们大家都勇敢，他直接点了不知底细的 A 套餐。

第一个端上来的是大爷的味噌汤。哇，真开眼了，分量十足，一个大碗里装着满满的肉、豆腐、青菜、生菜和鸡蛋。另有一小碟炒海带、一碗米饭和一碟腌萝卜。虽然不是我点的，但光看看这一大盘也好开心。邻座还有两个大叔也点了味噌汤。

第二个端上来的是我的寿喜烧。哇，我又发出了赞叹。只见一个平底大盘里，装着牛肉、豆腐、青葱、白菜、魔芋丝和一个生鸡蛋。这种以饭当菜的搭配，叫我备受鼓舞。

第三个端上来的是K田君的A套餐，看到那满满的一大盘，我已经想不出什么新词了。大爷也只得苦笑了一下。让我们看看这特大盘里都装了些什么吧：洋葱炒牛肉、炸猪排、炸鸡肉，炸秋刀鱼段、炸薯条、猪肉、鸡蛋包、火腿肠、生菜、米饭，还有一个装了冲绳荞麦面的汤碗。牛肉、猪肉、鸡肉统统都有了，豪华的A套餐里囊括了所有的梦想与热量，定价才800日元。身边这30岁的男青年也不禁深吸一口气，略感紧张地握住了手里的刀叉。

“铃兰食堂”的客人主要是当地人，白天夜晚都不间断。店主名叫桃原英子，是二战以后冲绳第一家生产琉球玻璃的工厂老板娘。她接手了原先设在工厂旁边的茶馆，连店名“铃兰”也没有换，完全凭借“差不多”的做法开了这家食堂。食堂之所以24小时营业，是因为当时玻璃工厂工作的几十名工人都是三班倒。刚开张时，它还只是一个完全没有餐饮经验的职工食堂，可现在那霸大众食堂里已经没有其他店能与之媲美了。

品尝着店里的饭菜，我渐渐悟出了他们受欢迎的原因。尽管饭菜的量很足，味道却很清淡可口，难怪垂见大爷也为他们打保票：“在冲绳做菜很少放调料，最多就是盐巴。连酱油都很少用，这种做法现在也没变。冲绳以前没有超市，商品流通不畅，夏天没有绿叶菜吃，米也是陈的，很难下咽，不过现在改观了好多。而这里的味道一直都没变。”

我们点的味噌汤和寿喜烧，量虽大，味道却非常不错，完全就是冲绳家常菜的口味。而且那么多菜都被我们吃得干干净净，包括K田君的那一大盘子，也统统消灭。可见“铃兰食堂”的实力非凡。

“下次有机会来的话，请一定尝尝咖喱饭。”据说英子做的咖喱饭，是等客人下单之后，才一盘一盘用咖喱粉和鸡精，从头开始做的呢。一般饭店咖喱饭都是预先做好了，等客人来了再热，然而英子不这么做，可见她对待每位客人的诚意。

我突然想起一句冲绳方言——“手脂”，意思就是费时费事，肯花工夫。即指用自己的全部身心去做料理。需要花费工夫才能做出的冲绳宫廷料理和盛大宴席自不待言，包括位于城市角落里的大众食堂也传承着这个精神，这就是冲绳。我现在就好想吃英子做的咖喱饭啊，可惜肚子已经被寿喜烧占得满满的，就让它成为我再访铃兰食堂的一个念想吧。

3个人摸着滚圆的肚子，满足地各自掏出450日元、500日元和800日元，和当地的一些老顾客一起站在了收银台前。“我到这里来吃饭已经有35年了，味道一点没变。”铃兰食堂尽其所能将饭菜的口味做得接近家常，难怪垂见大爷对它情有独钟。

我看了一眼店里的电视机，新闻里正播着“17号强台风将于明天中午袭击冲绳本岛”的消息。

すずらん食堂
外表很普通。
可只要一推门，
就会发现，
一个人声鼎沸的日常美食世界。
A套餐
妙不可言！
囊括了所有的梦想与热量。
这是味噌汤，
配上小菜与米饭。
内容可真丰富。
哇——
厉害。
寿喜烧也好大份！

在那霸，我有几个经常会去的地方，其中之一就是安里的荣町市场。我打心眼儿里喜欢那个又小又旧的市场。天上已经开始下起了小雨，可我今天还是得去看上一眼。

这里是“二战”结束后的昭和二十四年那霸最早开设的公共市场。市场已经很破旧了，通道又窄，迷宫似的左弯右拐，拱顶的天花板上还有几处漏雨的窟窿，然而昭和年代的气息四处弥漫。市场内部就像一个口琴的国度——肉铺、鱼摊、木鱼花店、糕饼店、茶馆、熟食店、化妆品店、杂货店、花店、洋货店、健康食品店……13200平方米的面积里竟有大小店铺120家，家家相邻户户紧挨。自冲绳回归日本本土后，许多大型超市进入冲绳，市场里的店铺较之前要少了很多。尽管此地几度列为再开发的项目，可它仍然顽强地存活着，见证着冲绳战后的发展。

身在旅途不便在市场里采购肉类和蔬菜，不免叫人有些遗憾，可我仍想体会一下市场的气氛，便在摆着猪脸皮的“町田精肉店”门口的长凳上坐了下来，欣赏着人们买卖的景象。

最先到店里来的是一位小个子白发奶奶，她站在柜台玻璃前，细声细气地说：“前腿肉给我1千克。”

“好嘞，腰子也来点吗？”

“好，那就再来500克腰子。”

前腿肉指的是猪前腿上的瘦肉，炖着吃十分鲜美。腰子即猪腰。我有点八卦地插嘴向她打听为啥买这么多肉，奶奶说：“后天是八月十五，家里亲戚都要过来，所以要熬些汤。而且做祭祀用的菜也需要。”

她说的汤是冲绳的一种乡土料理，用有滋补功能的食材长时间熬制而成，有健身的功效。据说以前荣町市场的肉铺一到旧历盂兰盆节时，就挤得水泄不通。现在只有一些老客人才会在重大节日时过来买东西。像町田精肉店每天还要宰掉3头猪卖给客人呢。

肉铺的对面是一家很有特色的店铺，卖昆布、魔芋，以及切成丝的蔬菜，用来做旧历盂兰盆、正月和各种庆祝仪式上的吃食，这种店通常称作切丝店。肉铺对面有一家“比屋根切丝店”。店主人是最近才刚刚以96岁高龄退休的老奶奶，这位奶奶是市场里的名人，自市场开设以来就每天都守在店里，堪称此地的活字典。如今看店的是她的侄子。

“现在的销售额只有过去的1/5了。原先这附近一圈都是和我们一样的小店，现在老板们年纪都大了，不干了，就只剩了我们一家。”

虽说兴衰成败乃世间常事，可不愿废弃老市场的运动也在如火如荼地进行着。其中就有一家是2006年才开张的“coffeepotohoto”。这是一家咖啡店，专门向客人提供自家烘焙的咖啡。店主人是长野出身的山田哲史，由于他对荣町市场心生爱慕便在此租借了一间8平方米的空房，开设了自己的店铺。他供应的咖啡颇有专业水准，吸引了不少客人，如今有不少人专门向他们定购外卖，已然成了这个大市场里的一分子。30多岁的山田，现在还兼任“荣町商店街振兴组合”的副理事，是大伙儿的希望之星。

“我们考虑的并不是把这里整修一番让它成为一个新市场，更不想对它进行再开发，而是要继续维持荣町市场的古旧风情。因此我们现在首先要做的就是让这里白天热闹起来。”

不过，我有些迫不及待了。有一家名叫“小菜店便利屋”的店这会儿就能让我们体验到它白天和黑夜的两副面孔。

我十几年前第一次到“便利屋”买过小菜，这也是我想到荣町市场来的原因之一。他们家店门口摆着一排一排的小菜盒子，每一样都好吃，每一样都便宜。既有刚刚炸出来的天妇罗、炒菜、菜饭、意面色拉，也有当点心吃的油炸果，完全可以让你过一把真正冲绳人的瘾，于是我就坐在市场一角的长凳上大吃起来。现今店主的儿子继承了店铺，白天他们依旧是各家主妇的好助手。

可是，我在五六年前发现了一个变化。一天傍晚，我从便利屋前走过，只见店铺门口搭着几张桌子，有几个人正坐在那儿吃饺子。他们都是店里的客人，还是主人家的亲戚呢？还没有搞清楚状况，我就被饺子的香气吸引着在圆凳上坐了下来，冲着店里说：“给我也来一份饺子。”没想到饺子真的端了上来，而且味道还真不错。不知从何时起，便利屋已经成了白天卖熟菜晚上卖饺子的小吃店了。

“我父亲那一辈的顾客现在都老了，所以我想试试做点其他买卖，结果就选了饺子。因为我太太是北京人。”

第二代店主玉寄浩三虽然长着一脸络腮胡子，模样挺粗犷，却是一个勤于钻研的直肠子。

“原先我们只是卖一些煎好的饺子。有一回有个客人正好全家去露营回来，想到家里没有煮饭，就到我们店里来买饺子。因为他们刚刚露营回来嘛，所以就直接从车上搬下了桌子和椅子，当街吃了起来。别的客人看到这情景，也去搬凳子。我们家就这么变成饺子铺了。当然，后来我们还是申请了保健所的营业许可，也做了一定的改造。”

打那以后，店里的菜品不断丰富起来。除了主打的水饺、锅贴、小笼包以外，还有定价500日元的盐水虾、400日元的酱油蚬子、300日元的煮毛豆和煮花生、250日元的皮蛋、300日元的腌包菜……店里从早到晚都忙得不亦乐乎。傍晚市场的大门关闭之后，便利屋就把小桌椅摆到路边，俨然一个路边饺子铺。坐在马路边的露天座，看着老板娘朱晓玲麻利地包着饺子，嘴里正吃着她包的饺子，这种享受恐怕全日本再找不出第二家。

事实上，荣町市场二战前是一所名叫“山丹学徒队”的女子学校，市场就建立在被战火焚烧后的校舍用地上，附近还保留着“山丹同窗会馆”。也许是继承了这片土地的血脉，自2006年起这里每年6月到10月的最后一个周六，都会有当地的年轻人举办“荣町市场屋台祭”。由本地的“荣町市场大妈喇叭队”唱歌，还有由居酒屋“生活之柄”店主森户与干货店、蔬菜店、荞麦面店的3位伙伴组成的“荣町市场歌手团”来表演节目。今年夏天上映了一部新田义贵导演拍摄的纪录片《会唱歌的市场》，带动了这一带的发展。对于我这个只能靠偶尔涉足来表示支持的人来说，真心感谢那些通过举办文化活动和拍摄电影来繁荣市场经济的后援力量。

“我1972年刚来这儿的时候，这里全是花街柳巷，周围有很多饭馆。因为是红灯区，地痞流氓也很猖狂，蛮吓人的。白天夜晚真的是两副面孔。”

没想到这一带还有这样的历史。听到那霸最有名的一家经营泡盛酒的居酒屋“URIDUN”老板土屋实幸的这番话，让我也很震惊。URIDUN跟荣町市场只有数步之遥。

“我是1972年的8月5号在这里开URIDUN的。我跟大家说我这里只卖泡盛，结果卖酒的朋友说，这个店大概不出两三个月就会被地痞流氓全砸了。我当时已经把钱全投进去了，只好硬着头皮上。结果，果真是一个客人都没有。大家都怕遇上流氓嘛。20世纪70年代正是黑社会斗争的鼎盛时期，他们就是来我这里推销，我也会吓得发抖。但在白天，市场里的生意虽然跟最好的时期没法比，倒也蛮红火的。肉铺一天要卖30头猪呢，全那霸的肉店都到这里来批发。豆腐店也有4家，就在现在‘切丝店’那边，那里挺有意思的。有很多老奶奶都在那里卖做药膳用的食材，专治伤风感冒。”

那时候没人对泡盛感兴趣，大家都倾心于高级威士忌。而土屋从那时起就认定泡盛是自己故乡的特色，只做泡盛生意，他对荣町市场的感情很复杂。“最近这附近晚上的生意红火多了，不过还是得增加白天的客流量啊。如果只贪图租金便宜就随便开一家店玩玩的话，势必不会成功。从这个意义上来说，真正有干劲的那家咖啡店确实很棒。如果再多一些专业人士到这里来，在白天卖一些真正美味的食品，这一带才会有希望。不过现在便利店到处开花，已经不是靠老奶奶一个人就能撑起一家小店的时代啦。”

我完全可以想象荣町市场在时代的浪潮中宛如一片落叶似的命运，所以更加热爱这片土地。为了满足自己在市场采购的欲望，我提了一堆岛豆腐、油炸果、鱼肉饼、3 瓶茶和麦麸回宾馆。

雨越下越大了，暖风吹了起来。17 号台风即将来袭。垂见大爷看了看天，嘟囔了一句：“终于要来了啊。”

直奔冲绳本岛而来的 17 号强台风威猛无比。第二天早上我被狂风暴雨惊醒，窗上雨流如注，窗外的能见度几乎为零。风声震动着耳膜，地面发出风雨的回响。我呆呆地看着窗外的雨柱，尽管住在 5 楼，被风刮落的树叶还是喷涌而来贴在了窗玻璃上，不时有救护车呼啸而过。遭到暴风袭击的宾馆开始摇晃了，恐怖的气氛越来越重。电视屏幕上不断滚动的字幕，更叫人紧张：“台风正以每小时 25 千米的速度向名护市移动，中心风力达到每秒 45 米，最大风力可达每秒 65 米。”“已有 170000 人自发避难。”“连接冲绳本岛和周边小岛的渡船、飞机全线停航。”“已有 26 个市、町、村的 288 人被大风刮倒摔伤。”

完全没办法外出。学校停课、商店停业，所有人只能静静地等着台风过去，别无他法。冲绳人每每遇到台风来袭，就是这样蜷缩在一起硬挺过来的。

狂风暴雨的一天终于过去了，第二天是万里无云的大晴天。K 田君的一句“就想看到这样的晴天”，让我举双手赞成。坐上垂见大爷开的汽车：“昨天的台风实在是太厉害了，席卷了整个城市。”停电造成的信号灯故障还没有修复，街道上随处可见被风吹倒的树枝树干，目力所及之处一片狼藉。

让我们无语的还是在到达首里那家经营琉球古味荞麦面的“御殿山”的一刻。可能因为店铺建在高处，被暴风席卷的痕迹更甚。只见店门口横卧着被折断的树木，根本无处落脚。店主知念博苦笑着走出店门，他是垂见大爷的老朋友。垂见大爷安慰他说：“哎呀，可真够呛啊。”

“是呀，院子几乎全毁了，这样的情况还是第一次遇见。”

我们不忍看着这家冲绳荞麦面名店的惨状，便先搁下采访，3个人一起帮忙收拾起来。原本矗立在郁郁大树之间的“御殿山”，经过了一夜的暴风雨洗礼，如今已全然暴露在光天化日之下，面对如此惨状知念深知眼泪解决不了任何问题。大家完全能体会他此刻的心情，便一起默默地帮着捡拾地上的残枝败叶。

如果你尝过“御殿山”的荞麦面，就一定会喜欢上它的味道——首先，喝一口碗里的热汤，由猪肉和木鱼花萃取出的美味立刻就进入你的五脏六腑。紧接着再吃一口荞麦面，这回面的口感又叫人赞叹，面很筋道，有嚼头，不硬也不软，这种绝妙的嚼劲真是天下第一美味。其实关键在于他们使用了传统的木灰制面法。虽然冲绳县内做冲绳荞麦面的饭店多如牛毛，可采用真正的木灰制面法的传统店铺真不多。知念师傅20年来一直坚持亲自用榕树来烧制木灰，直到2011年10月市里出台了禁止烧荒的法令。他做面条时不放碱水，而是加入烧木灰上渗出的液体，这样做出来的面条口感质朴柔和。

荞麦面都是店里当天早上自家打的。即使在台风刚过的第二天早上，也不例外。店内知念的姐姐利惠子正在制面，大家一眼就能看出她长年在制面上下的功夫有多深。首先她把揉好的面团放进木桶里，然后用脚去使劲踩，踩完后静置一个小时，再放进制面机去制成长条状。利惠子对我们说：“你们这面就像降了霜似的，不那么均匀吧。这种面每根都有变化，吸饱了汤汁的味道才不一样。”

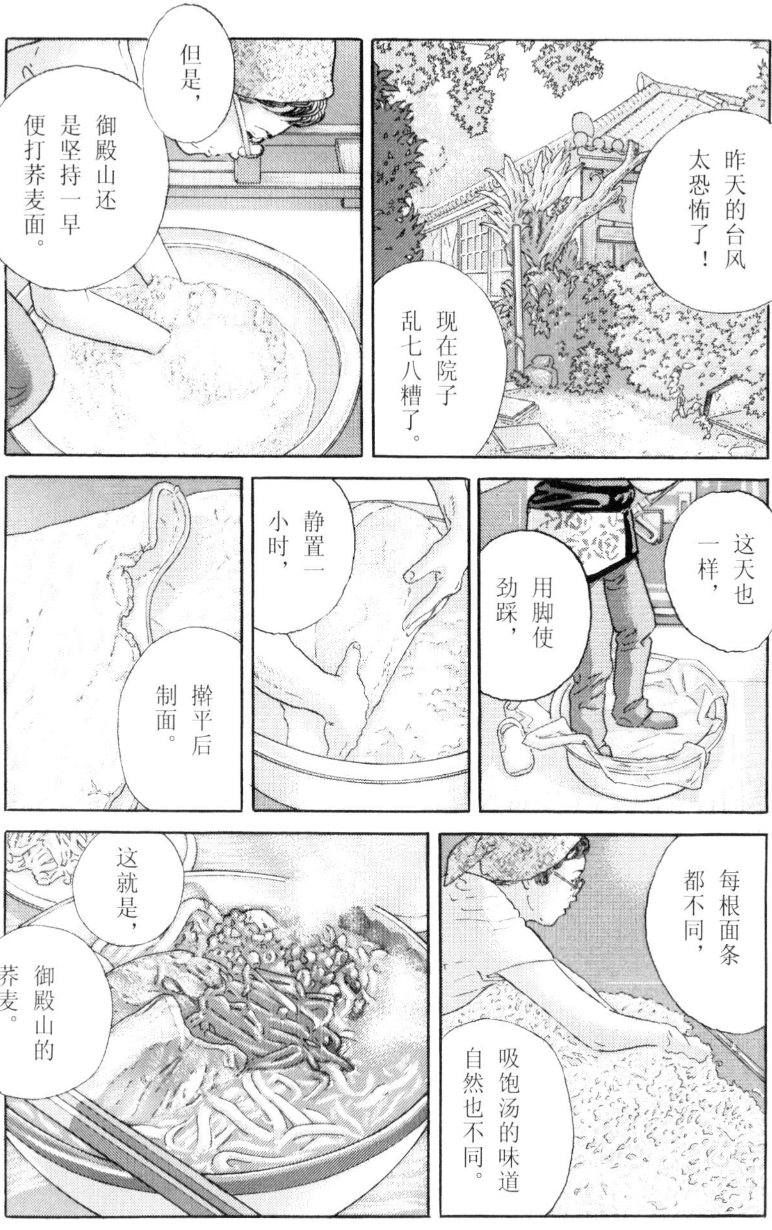
昨天的台风太恐怖了！
现在院子乱七八糟了。
但是，
御殿山还是坚持一早便打荞麦面。
这天也一样，
用脚使劲踩，
静置一小时，
擀平后制面。
每根面条都不同，
吸饱汤的味道自然也不同。
这就是，
御殿山的荞麦。

在成面之前，我们已经能看出荞麦面的特色了。大宜味村出身的知念师傅年轻时曾在“URIDUN”工作过，他接受土屋的提议，在平成四年创立了这间“御殿山”。他们当初就想，既然开了店那就做传统的冲绳荞麦面。可当时谁也不知道传统荞麦面该怎么做，只好自己摸索试验。虽然饭店设在室内，可制面厂是一个敞开的空间，天气的晴雨变化都会影响到它。况且每天的气温湿度也不尽相同，他们几乎天天都在失败中寻找答案。

利惠子笑着跟我们坦白说：“之前我们做的面更硬，更筋道。结果做面的人一个一个全把腰伤了（笑）。没有健康的身体一切都免谈。所以我们就从人和面两方面考虑，做出现在这种好吃又不硬的面了。”

如今利惠子已经熟练地掌握了制面技巧，是响当当的制面人了。她先做出细面条来，再把面分成小份，用力揉，揉好了再卷起来。下的时候拿热水煮，再撒点油放到桌子上摊开，用电风扇迅速把它吹冷。智慧和工夫相结合的荞麦面就做出来了。

“每天做出的面都有所不同，我清楚它们的差异，就会在下面、静置时间等各个环节上做微调。”不急不缓地行动，不受外界干扰，合理安排按部就班。这种随性自然的精神就是冲绳荞麦面的真味。

垂见大爷、K 田君和我，3 个人并排坐在台风刚刚过去的“御殿山”座席上，其乐融融地吃着荞麦面条。

“不管什么时候来，这里的面都这么好吃。”

垂见大爷终究将家安在了冲绳，这是他随性自然又命运使然的选择。对他来说无论是铃兰食堂的味噌汤还是御殿山的荞麦面都同样重要，都是他心中闪亮的乡土情结。

我们在清爽的风中，吃着色鲜味美的荞麦面，感觉面条是有生命的，在我们嘴里一根根跳动着。我们端起碗，喝一口热汤，美味就顺着喉咙滑向胃肠。无论是面条的味道还是煮得软软的猪肉，都叫人喜不自禁。一碗下肚，这满满的实实在在的美味不得不叫人叹上一口气，真舒服啊。

到处充盈着“手脂”的味道。

初尝王将饺子

第一次去远足，第一次去国外旅行，第一次登山。我第一次去王将饺子店时，脑海里浮现的都是这一类词语。出门前一天的晚上，我把第二天要穿的衣服挑了一套出来，摆在枕头旁边，然后就期待地上床睡觉了。

第二天，一个夏日的大中午，日头火辣辣的12点35分，我们走进了位于人群密集的专大通上的“饺子的王将”东京水道桥店，店门前鲜红的店招十分显眼。一声响亮的招呼声传入耳中：“欢迎光临。您是4位吗？”遇到这样热情的招待，我们的情绪也跟着高涨起来。虽然只是来吃个饺子，却听到厨房里也有人在跟我们打招呼：“请随意找地方坐。”

开放式的厨房里，大铁锅发出爆炒的声音，铁勺在敲打铁锅，还有白烟突然从锅里冒出。饭店附近办公楼和学校林立，是外食产业竞争激烈的地区，可这里还是天天宾朋满座。作为连锁饭店中的经营翘楚，饺子店里热火朝天的景象瞬间征服了我们。我们走进店里，在刚空出来的座位上坐了下来，菜单立刻递了过来，我们来不及考虑，顺口说："我要一份回锅肉套餐。""我要韭菜猪肝套餐。""给我油淋鸡套餐吧。""那我来饺子套餐。"我们这3男1女（女的就是我）刚下完单，12点40分也就是我们进店5分钟之后，回锅肉套餐就端了上来。这速度简直令人震惊。12点42分韭菜猪肝套餐来了，44分饺子套餐，46分油淋鸡套餐也上来了。神速之下，4个人的饭菜就全部热气腾腾地摆在了桌子上。

据说王将饺子正是凭借"价格便宜，上菜快，味道好，分量足"的口碑，才在目前这种不景气的世道里顺风顺水地发展着。我敢肯定他们一定有独到之处，于是饶有兴趣地准备尝尝这里6个一份的饺子了。

刚出锅的饺子整整齐齐地摆在盘子里，我夹起一个（煎饺），蘸了蘸桌上的调料，往细细的半月形上咬了一口。煎得脆脆的饺子皮立刻裂开，热腾腾的汁儿充满了口腔。每嚼一口都能感觉到馅儿里有包菜丝配合着肉糜。饺子馅儿由猪肉、包菜和大蒜3种材料制成，无论是皮还是馅儿，或者饺子的大小和煎烤火候都有王将自己的特色。吃上一个就会有遇到了身经百战的好投手投出一个好球的满足感。

跟饺子一起端上来的米饭分量正好，味噌汤味道也不错，确实是一份叫人心安的美食。

从店里可以看见厨房一角有人在包饺子，煎饺子的锅灶也正对着吧台，也就是说客人可以看见从包饺子到煎饺子的全部过程，这种现场感也叫客人更加放心。一块铁板一次可以煎 120 个，也就是 20 人份的饺子，大小与一张火炬炉的桌面差不多，就是它撑起了美味饺子的招牌。

煎饺子的方法如下：

① 锅里放油，以一人份 6 个饺子为单位摆放饺子。

② 摆好后立即在锅中加入凉水，盖上盖子，一边蒸一边煎。蒸多长时间以铁板的温度而定。

③ 等蒸汽全部散去，饺子皮透明后，用铲子将饺子铲出，将煎过的那一面朝上装盘。

客流量大的时候，倘若等客人下单以后再煎饺子就会手忙脚乱，所以据我观察，厨房里是一边留意店里客人进出的数量，一边提前将饺子煎好的，也就是提前安排好了一切，以减少客人等菜的时间。价格便宜，上菜快，味道好，分量足。这里的饺子一盘定价 230 日元。

同来的 3 位男士，一边吃着韭菜猪肝、回锅肉一边聊起了王将饺子店。

“高中的时候特别羡慕那些参加完俱乐部活动就去王将吃饭的同学。头一次来王将是在一个星期六，大家踢完足球以后到王将来吃炒饭加拉面和饺子的套餐，那一次真是太难忘了。”20多岁的N田君（就职于B出版社广告部）刚回忆了一下过往，30多岁的Y本先生（就职于同公司周刊B编辑部）就赶紧抓住话头继续说：“每个分店的套餐都不尽相同，以前三轩茶屋分店还有可乐饼卖呢，中野分店有油炸类的套餐。对了，这里的韭菜猪肝好像比别处口味要重一点。”

果然如此啊。我之前就听说王将饺子店每个分店的味道都不完全一样。

“不过这里的饭菜分量足，这一点蛮不错的，”于是，我的老伙伴K田君拿筷子拨着回锅肉里的卷心菜说，“上次我去关西出差的时候，跟对方的客户吃了顿饭。我说我请客随便他们吃什么。结果他们说想吃……”

“不会是说想吃这个吧？”

“是啊，就是说的这个。他们说特别想放开肚子吃一次饺子，我不好拒绝，就一块儿去了，一起吃了。每个人吃了5份饺子。”

看来，大家心里都藏着一份有关王将饺子的秘密，这让我有点不甘。我看见我们里边的一个桌子上有两个中年妇女，正把一盘炒饭和一份饺子对半分着当午饭吃。而吧台一角坐着一个金发戴耳环的小伙子，他拿着一大杯生啤，一个人吃了两人份12个饺子。不一会儿店里又进来了好几个在附近工作的女士，看来店门口的队伍并非徒有其表，这饺子界的巨人还蛮有包容力的。

王将饺子店是一个从底层做上来的辛苦创业者。昭和四十二年，王将饺子店在京都的四条大宫创立，原先只是一家小小的街边拉面店，之后就主打饺子，一举向餐饮业发起了猛攻。他们稳固地维持着销售业绩，同时又自己出钱设立中央厨房和工厂，将店铺以连锁经营的方式在全国铺开。如今全日本共有603家王将饺子门店，每天生产总计170万个饺子，发展势头良好。

尤其值得一提的是，饺子皮和饺子馅都由各店铺每天在中央厨房里直接生产，且一直追求现包现煎的品质，每家店里都有人在厨房里包饺子。遇到客人下单就马上做，刚出炉就立刻装盘送到客人面前。不论是食品的味道、店铺的经营还是新菜单的开发都讲究现场感。也就是说店铺虽为连锁店，而每个分店各自的经营方式都与街边小食铺无二。店铺实行店长负责制，因此店长肩上的担子相当重。

“我们公司与一般连锁店不太一样。”说这话的是水道桥店的店长寺山典晃，他自16岁进店打工，至今已经18年了，在东京许多家店铺都曾当过店长，是这一行里的大专家。平时来水道桥店吃饭的主要是附近公司里的职员，到了周末休假日则多为从相邻的东京棒球场出来的观众，他们每天都得面对这样一拨又一拨潮水般的客人。不过，寺山店长却是一个相当沉着冷静的人。

“每个店铺由于所处地理位置不同，客人种类和要求也就不尽相同。如果都照着经营指南来应对，那肯定行不通。我们一定要以自己店里的客人为服务重点。”寺山认为他们店里的主要任务就是在保证速度的同时，做到周到细致。而且王将饺子铺里店长和员工都得上灶掌勺，所有的员工都是厨师。这么看来，我们上次中午 4 个人去吃饭的时候，从厨房里向我们打招呼，让我们随便找座位坐的就是一边炒菜一边待客的寺山店长啊。

我还有一个问题要问店长。上次我看见吧台前坐了一个 60 多岁的大叔，他点菜的时候说：“来份中华盖浇饭，不要肉，不要油。”这么一来，饭菜的味道不就变了吗？

“如果客人让我们不放油的话，我们就不放油，煮给他们吃。如果客人要咸一点我们就咸一点，要辣一点我们就辣一点。虽然菜品一样，但是每个菜都可以根据客人的需要现改口味。”

这也让我大跌眼镜。店长的这番话真得让那些只一味主张“我个人的口味”的倔老头子们听一听。如果说坚持自己口味的厨师就是好厨师的话，那根据客人的需求灵活机动的厨师也是好厨师。我问店长我可以将他的这种做法看作是一种奉献吗？他的回答让我大吃一惊：“固执的店家只接受相同类型的客人。而我们的客流量每天在千人左右，满足他们每个人的需求也是一种待客之道。我们愿意听取客人的要求，也能按客人的要求去做，这就是我们比别人强的地方。”

欢迎光临。
午饭时间，
人最多。
饺子和炒饭！
好嘞！
来一份套餐！
目标是——
更美味！
ジュワワワ。。
更便宜！
更快！
ジージージー。。

一过12点，基本座无虚席。
唔……
滋滋。
大家都默默地吃着。
啧啧！
嗯……
没有顾客交谈。
油淋鸡是特色。
量很足。
唔……
嗯！
好吃！

总之，店长可以算“王将里的专家”了。

“什么情况都能应付，这就是王将自己的味道。”

我第二次去王将饺子铺，是一个人，去的是可以排进关东最窄店铺前五名的高田马场分店。因为不是第一次了，我完全成了另外一个人——进门后听见店里异口同声的“欢迎光临”，便熟门熟路地找座位坐了下来。这种感觉真好。然而好事也仅限于此，接下来种类繁多的菜单就让我这个新人不知该如何选择了，一个人坐着发起呆来。

店铺地处学生街，一看菜单就知道他们所有的菜品都以量取胜。

高田马场盖浇饭套餐　750日元

中华盖浇饭·天津盖浇饭（盐味或糖醋）·麻婆豆腐盖浇饭加三个饺子·两个炸鸡·色拉

墨鱼沙司面　520日元

墨鱼用沙司调味，请大家尝尝这个组合和味道。

看到这儿眼前立刻浮现出正值青春期的学生们吃饭的景象。第二次光临王将饺子店的我，选择了定价920日元的炒饭套餐。炒饭套餐里也有饺子，是店里排名第二的人气食品。

餐盘端上来我不禁瞪大了眼睛：炒饭、泡菜、汤、一碟6个的饺子、3块炸鸡还有一份番茄色拉。丰富的种类一下子把我镇住了，它们都是日本人喜欢的中餐菜品啊。虽然套餐的定价不低，可看到这么一大盘就立刻觉得自己赚到了。

炒饭做得颇有深意。材料很简单，叉烧、鸡蛋和葱花，可米饭粒粒饱满且带着特别的味道，原来他们煮饭时已经调过味了。我嘴里吃着炒饭却感受到一股来自王将的独特乡愁，紧接着我又尝了热腾腾的饺子和炸鸡。享受着分量十足的饭菜，让我突然有种三丁目朦胧夕阳照在身上的怀旧情绪。就在我吃完盘里的食物，一个人发起呆来的时候，高田马场的石川清文店长说了一句话把我唤回了现实。

“王将的每个分店因为店长不同店铺的风格也各不相同。”石川在新宿店干了两年，之后又调任大阪和琦玉分店，五年前才被分配到高田马场来，3 年前晋升为高田马场分店的店长。他觉得自己这家店的主要特色是上菜快和分量足。由于店面不大，人工费自然就比一般店支出得少，所以更要在提高生产上下功夫。只要店铺能完成公司下达的销售指标，剩下的事就全凭店长自由发挥了。

“我们关注蔬菜的市场价，盛菜时总比操作指南要多放一点。豆芽本来成本就低，我们就多进一些。像最近推出的原创菜墨鱼沙司面，装盘的分量就特别足，几乎要触到公司成本的底线了。”

我说他一个人得带着 3 个正式工和 24 个打工仔干活，想必非常不容易吧。

“不会啊，我觉得每天时间都过得飞快，大家个个朝气蓬勃，干起活来很开心，一天天过得很充实。”

不论是在水道桥店还是高田马场店，原本应该最辛苦的店长，却是店里最开心的人，王将饺子店真是一家不可思议的连锁店。

“虽然刚开始觉得任务很重，看到报表上出来的数字，我就开心了。完成指标的那天，特别有成就感，喝啤酒也感觉特别爽。而且总部的董事、经理对我们都很照顾，有的客人一个星期 7 天都会来店里吃饭。听到他们说‘今天也去王将看看店长吧’，我就特别高兴。”

店长反复强调——我自己每天吃也都不会厌，饺子的煎法真的很有讲究，我每天都有新的发现。

迷途的羔羊们啊，请去王将饺子店吧。如果你还在兀自烦恼就去王将汗流浃背地大干一场吧。王将的滋味就是下功夫创意的滋味，是光荣劳动的滋味。或许这就是它的魅力所在。

第 3 次去王将饺子店，我便领悟了王将精神的真髓。

王将饺子横滨樱木町分店就在 JR 樱木町车站，铁道高架桥下面竖着他们鲜红的店招，是一个有 70 个座位的大型店铺。我上午 11 点进店，就听到那一声响亮的“欢迎光临”。起先我还对他们大白天的就在店里放那么快节奏的背景音乐有点不满，随着一拨一拨的客人纷至沓来，便也不觉得音乐有多刺耳了。上午 11 点 45 分，店里几乎统统坐满。

这里是饺子的天下，王将的大本营。几乎每个客人的桌子上都有装饺子的盘子。厨房里师傅们以电光火石的速度一个接一个地包着饺子，黑亮的铁板上不断地冒着白烟。这里不光有饺子，锅灶前还站着两位炒菜师傅，炒猪肝，做麻婆豆腐，炒豆芽……随着麦克风里点菜的声浪饭菜一个个地被端了上来。油锅里炸着炸鸡，面锅里下着面，厨房里一片嘈杂，大家的动作却都相当麻利。趁热上菜，招待们迅速地端起刚做好的饭菜往客人桌上送，动作之敏捷真叫人瞠目结舌。店里所有员工包括打工的在内，个个都很能干。

再看菜单，种类就更多了。而且很多还是樱木町独创的菜品。

樱木町名物天津炒饭　619 日元

超大量饺子套餐　950 日元

超劲博多拉面套餐　700 日元

软粗面两面黄　610 日元

原创王将组合　1070 日元

复刻咕老肉套餐　976 日元

生码面　609 日元

我发现菜单里有好多都是人气菜品的复刻版。

记忆中的烧拉面　661 日元

做男人就该大气！面一定要两把。想起在博多常吃的拉面的味道，我试着做了很多次。这种烧拉面超级赞。你尝尝？～源于樱木町的爱心节拍～

——能想出这么有号召力的文案，也蛮让人感动的。至于冷面，他们的广告词是：演一出拉面之旅～寒来暑往一年只登台几个月。看来是要大卖啊。

制作复刻版，安排菜单都是德江俊哉店长一手操办。他今年 30 岁，大学毕业后进公司，分配到樱木町分店已经有 5 年了。这位热血男丝毫不在意店铺不远处就是中华街，依然创造出年销售额2亿6千万日元的惊人业绩。他每天上午9点进店，切菜，做准备工作，包饺子，一直率领着员工干到晚上11点关门，天天如此。

“我们的目标就是保证在高峰期收到点单后3分钟内一定出菜。这是樱木町的速度。而且我们经常大声吆喝，这也是想让大家觉得‘王将很有活力’。所以店里现在就成这个样子了。”

夏天他们为了让路过的客人好奇“店里在做什么”，便把窗户都打开，让他们的吆喝声能传到店外。不过，他们是怎么创作出这么多新菜品的呢？速度也太快了吧？

“公司让我们随便做嘛。（笑）王将最讨厌的就是没想法、不行动的人，不管卖不卖得动，首先得做起来。公司不许我们偷懒，要我们别怕失败，有想法就行动。”

如果产品不好就赶紧撤，付之一笑也是一种本事。

“我刚当店长那会儿，觉得这附近办公楼比较多，就考虑尝试一些提气的饭菜，做了一个‘大蒜和辣味炸鸡’。结果大蒜的量用多了，味道太冲，搞得客人怨声载道。其他失败的例子也很多。”

一个劲地朝前猛攻，这就是王将不同于其他家庭餐厅的经营方式。如果有人想随便地到王将来打个工，那10个人里面准保7个干不长。最短的人，只干了半小时就逃跑了。德江店长苦笑着说。从我们身边经过的女性副店长笑着说：“这里工作确实很忙。不过每天都跟过节似的，很热闹很开心。”

王将的工作人员几乎都这么认为——只要懂得了工作中的乐趣，就再找不出比王将更开心的工作了。

那天我在店里吃了一份复刻版咕老肉套餐，据说用的是王将以前做过的酱油味芡汁。刚炸好的猪肉又软又脆，青椒、洋葱和胡萝卜也热腾腾的，口感非常好。浇在菜上的酱油味芡汁十分诱人。这道菜反映了店里的干劲，从这跌宕起伏的口味里我吃出了樱木町分店的自信。

我的熟人里有一位“大学时就在王将饺子一号店打过工”的男士，还有一位声称自己过去只要去京都，就一定会到一号店走一趟。对于王将饺子的铁杆粉来说，位于四条大宫的一号店发祥地简直就是他们心中的圣地。好吧，那我也去，朝圣去。

一个淅淅沥沥下着雨的工作日午后两点，两年前扩建装修过的王将饺子一号店内窗明几净，这是一幢 4 层的楼房，四壁全是落地窗，门前还有一块写着“王将饺子发祥地”的石碑。我跟在 K 田君身后，小心翼翼地进了店，店里一片寂静。感受过从水道桥店到高田马场店再到樱木町店里，一进门就被热浪滚滚的招呼声包围的盛况之后，这里的安静真叫人不适应。

不过，到底是坐新干线赶过来的，肚子已经饿了。我们俩往吧台上一坐，先要了两份饺子，还有一个 480 日元的菠菜炒蛋，又在原创菜品中挑了一个300日元的橙味炸鸡和一个550日元的蟹肉炒饭。

不一会儿饭菜就端上来了，我们俩埋头吃饭。所有的饭菜都比我们之前吃过的咸，口味也重，我几乎都要喊“救命”了。吃着吃着突然想起京都人喜欢重口味啊，所以四条大宫店的原创菜品中有“重口味拉面系列”——重口味拉面定价550日元，重口味叉烧拉面定价650日元。元气满满重口味拉面定价580日元……菜单照片上那又白又油的汤色蕴含着圣地的魄力。

“常会有一些过去的老客人来这里吃饭，不过这里现在基本上已经成了一个观光景点，很多人在店门口拍照。到底是一号店，大家的期望值很高，我们压力也很大。”

客人多的时候，有些刁蛮的客人就会发火。

“如果在收到点单以后才开始煎饺子，速度就慢了。从头开始煎最少要7分钟，不过我们必须3分钟出菜。因为京都人都比较性急，稍微慢一点他们就退单了。其他的饭菜也是，我们都说马上就好了，他们也会退单。这样菜就没法端出去，当然也不能收客人的钱。”

尽管如此，据说还是有客人每天都来，也有一天来两次的，他们喜欢这里的味道，没想到他们对圣地热爱到如此纯粹的地步。事实上，王将饺子在关西地区共有300家分店，一号店的销售额一般都在20名左右，完全无愧于它的名声。且店长芦谷优树十分冷静，始终从容地坚守着这块阵地。

“王将这家店还真是蛮有意思的，”K田君坐在回程的新干线上小声嘀咕，“所有店铺大体都差不多，但细看每个店又都不一样。真不知道是谁想出的主意，很有独创性。”

由于工作人员在店铺经营的随意性上起了很大的作用，王将就不仅仅只有一般连锁店的大一统模式。除此之外，它们还发起急火猛攻，完全奋不顾身。那些注入了怀旧情绪的口味和气息，都是昭和年代的味道和风气。第一次去登山，不，第一次去王将后又过了一个半月，我不知道又在附近的中野分店、新大久保分店吃了多少个饺子。不管在哪家分店，当我把刚刚出炉的饺子放进嘴里时都会感觉到满满的王将能量。

在即将结束这次“登山”时，一天黄昏，我和K田君又来到了樱木町分店，只见店门前竖着一块招牌上写“傍晚5点后变身王将酒场”几个字，居酒屋的气氛发挥到了极致。连带着他们又出了独创的新菜单——“蒜味鸡午餐680日元爱到每一滴调料”“海风午餐650日元海港边的王将饺子凉爽的冷面召唤清新的海风”……每句文案都那么切中要害。

坐在我们身边的6个人是同一个公司的职工，他们正在饮酒联欢，下酒菜的主角当然是一大盘饺子。就在宴会进入高潮时，最年长的一位秃头大叔好像突然想到了什么似的，用一次性筷子插起刚才喝柠檬烧酒时，被他榨了汁

餃子の王将
这里，
就是家庭餐厅嘛。
菜单种类丰富。
有复刻咕老肉套餐。
復刻
不错哦！
这是——
王将拉面套餐。
哇——
厉害了。

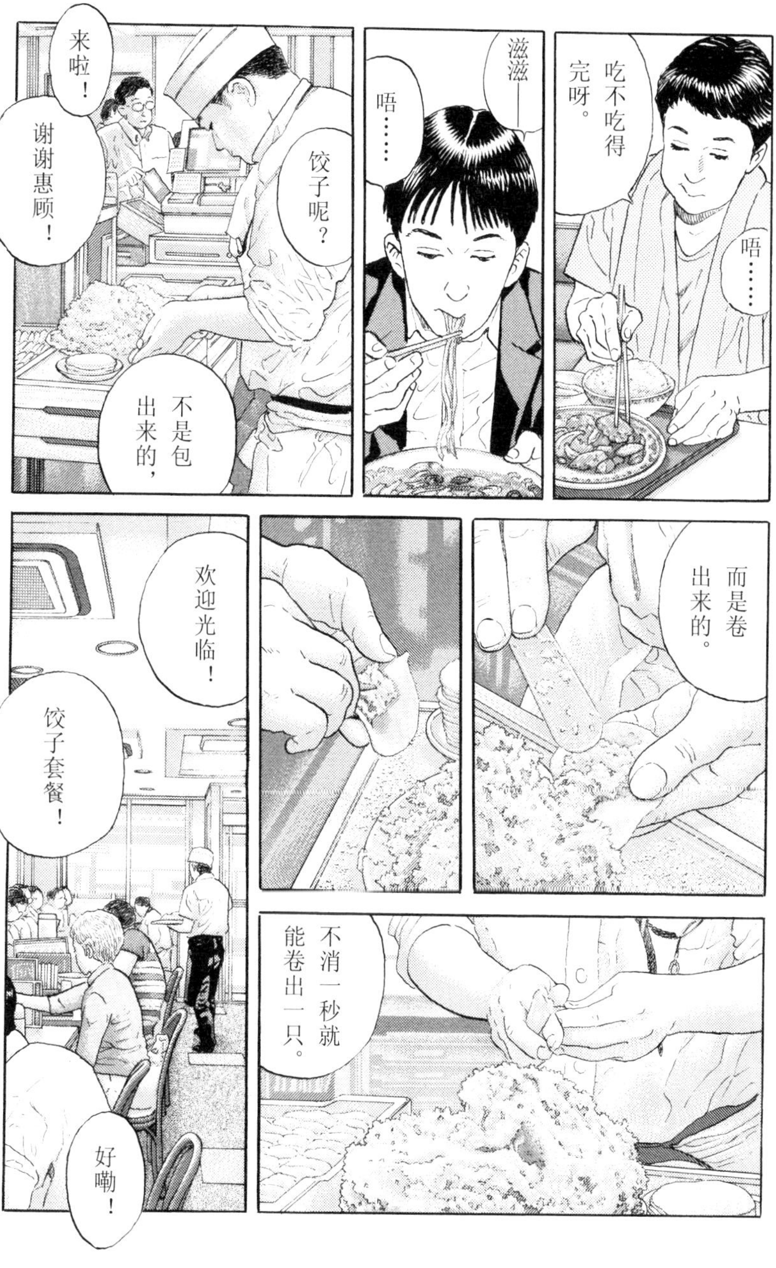
吃不吃得完呀。
唔……
滋滋——
唔……
来啦！
谢谢惠顾！
饺子呢？
不是包出来的，
而是卷出来的。
不消一秒就能卷出一只。
欢迎光临！
饺子套餐！
好嘞！

的一小块柠檬，一下子握在手里唱起歌来。原来他做了个柠檬麦克风啊：“这是一个好地方，王将饺子铺——饺子6个220元，肉烧卖3个230元……”

他在读菜单。可是，还有比这更好的赞歌吗？王将饺子铺真够幸福的，居然有人这么喜欢。

我们俩要了3份热腾腾的饺子下酒，还有生啤和盐味包菜。海风轻轻地吹进店里，好一个夏夜啊。

泪洒根室秋刀鱼

秋刀鱼缺货。今年到处都捕不到秋刀鱼。

8月的酷暑几乎要了人命，没想到这则爆炸性新闻又在日本全国掀起了轩然大波。照惯例7月初开始捕获秋刀鱼，眼下正是秋刀鱼的捕获旺季，各地应该升起烤秋刀鱼的烟火了。

秋刀鱼基本上等同于“价廉物美”。原本秋刀鱼的产量每年都远远大于需求，是市民餐桌上常见的食物，象征着国泰民安。市民们不管囊中多么羞涩，只要有几个百元硬币就能买到秋刀鱼，解决家里的晚餐问题。不过，今年的情形有些出乎意料，不，应该说发生了前所未闻的紧急情况。不论是北海道还是气仙沼、兆子，这些平素竞相捕捞秋刀鱼的渔港都纷纷发出了警报。没有秋刀鱼如何迎接日本的秋天啊？

曾几何时秋刀鱼号称“取之不尽的资源”，牢牢地占据着日本近海鱼的霸主地位，然而今天在电视新闻里我们居然看到了气仙沼渔民一筹莫展的面孔：“海水的温度太高了，秋刀鱼完全不到下游来。”还有一次，我在早新闻的节目里看到记者在船上哀叹：“北海道最大的秋刀鱼捕捞基地，根室港海域今年8月派出的大型渔船在第一次捕捞中的收获仅是往年的一成。”

这些情况直接导致了秋刀鱼的价格上涨，就连秋刀鱼的产地根室也几乎看不到秋刀鱼的影子。当然，秋刀鱼加工场也无法开张，那些打工的大妈们说“场里一个电话也没有”，她们只好留守家中。事态变得越发严重了。

突然想起，佐藤春夫有一首名为《秋刀鱼之歌》的诗：“秋刀鱼，秋刀鱼，你是苦还是咸？”这首诗流露出佐藤感伤的心情，让我有了想吃秋刀鱼的冲动，于是拿起菜篮子就往附近的鱼店跑。

“有秋刀鱼吗？”听我这么问，头戴三角巾身穿橡胶围裙的大妈就说：“不好意思，今天没货。昨天还进到了几条，不过一条要卖500块。500块啊，是去年的4倍呢。”

大妈觉得很抱歉，朝我鞠了个躬，她说干了40年鱼店，这种情况还是头一回碰到。

我也没想到自己这辈子还会有为秋刀鱼伤脑筋的一天，以前每年的第210天，我就会欢天喜地地烤一条当年新捕获的秋刀鱼，烟火呛得人直流眼泪，我边喝啤酒边享受这开心的泪水。然而今年没了烟火，这也让我难过。见不到秋刀鱼，思念之情更甚。我为了想吃一条秋刀鱼而焦躁不安，猛然想起自己家附近有一家很好吃的海鲜居酒屋，就是西荻洼站前的“千鸟”，我想去那里碰碰运气，便掀开了他们家的门帘。只见墙壁上贴着一张小纸条“盐烤新秋刀鱼”，定价竟是800日元。

我赶紧先喝了一口啤酒，又吃了一口酱黄瓜、一口谷中生姜，平复了一下自己的心绪，假装镇定地说：“来份盐烤新秋刀鱼。”于是，剪着寸头的池田君很过意不去地跟我说：“不好意思，今天已经卖完了。鱼市上没有几条。”

没想到秋刀鱼这么紧俏。我闷闷不乐地坐着，听见店内的电视机里播放着这样的新闻：“今年恐怕很难举办秋刀鱼祭了。”什么？这全国闻名的秋季风物，秋刀鱼祭竟然办不成了？那正宗的“根室秋刀鱼祭”怎么办呢？钏路的呢？气仙沼的呢？宫古的呢？我听见新闻里说，原定9月12日举办的北海道“厚岸产业感谢祭”已决定取消，那里是捕捞著名的“大黑秋刀鱼”的主要渔港。电视里说当地完全拿不出主导产品“大黑秋刀鱼”，所以只得取消活动了。

真没想到，秋刀鱼竟陷入了这样的窘况，今年秋天太反常了。我平复了一下情绪，故意念起了《秋刀鱼之歌》的开头几句：“清冷的秋风哟，传递我的心——孤独的男子啊，傍晚吃着秋刀鱼，深深念着你。”

盐烤秋刀鱼想吃没吃着，秋刀鱼祭眼看也办不成了，听到这些报道，再加秋老虎连续发威，我只能不停地叹气了。

然而就在这时，好消息传来了。据说第15回“目黑秋刀鱼祭”将于9月5日照常举办，这可真是令人高兴。目黑，众所周知就是单口相声“目黑秋刀鱼”所描写的地区，江户时代曾是猎鹰场，如今当地的商店会决定让大家体验一回官老爷的生活，享受一下从岩手县宫古港直接送来的新鲜秋刀鱼，便企划了这项活动。不过，今年秋刀鱼收成这么不好，秋刀鱼祭真能办成吗？

周日，我半信半疑地出了家门，去“目黑秋刀鱼祭”走了一趟。天气十分炎热，人群也相当拥挤。我从JR目黑站东口出来以后，就看见骄阳之下男女老少都在排队。一个街区站着几百人的长蛇阵，绕了一圈又一圈，我走过去一看，队伍先头一直通到目黑通。目黑通是4车道的大马路，其中一个车道被划出来，用作烤秋刀鱼的场地，路上烟雾腾腾。一些排了很久的人们就站在路边大口啃着刚烤好的秋刀鱼，一副心满意足的样子。

我一看到这长蛇一般的队伍和36度的高温便败下阵来，垂头丧气地离开了目黑，不过心里却下定了决心。

我要去根室。我要去“根室秋刀鱼祭”。我要去秋刀鱼的大本营吃刚刚捕上来的秋刀鱼。我暗自发誓，在心中描绘了一个在北方大地上大口吃着新鲜秋刀鱼的美景。想到这里我再也按捺不住了，心情无比激动。没错，我一定要去，只要“根室秋刀鱼祭”能顺利召开。

9月18日天气很冷，气温只有17度。根室的天空阴沉，铅色的云层又重又厚，天上下着小雨。我们从羽田机场坐飞机到新千岁机场，再转机到中标津机场，从中标津机场换巴士，大概行驶了两个小时，才到达北海道的根室市。巴士里已经有暖气了，外边的雨却还没停，巴士每到一站开门的瞬间，我们都会感到有股冷气钻入脖子里，冻得我们直发抖。这很正常，此地比暑热难当的东京气温低多了，我们脚下的根室大地已经进入冬季。

不过我劲头十足。当我听说第18回“根室秋刀鱼祭”将照常举办，便决定贯彻初衷。根室环抱着可以用肉眼眺望到整个北方领土的纳沙布岬，它拥有日本秋刀鱼产量前二位的花开港和根室港，是真正的秋刀鱼王国。我们迫不及待地一路向日本最东端进发，终于来到了根室车站。

“啊，这味道……”我们刚下巴士，站在车站前面的大马路上，就闻到了。

我身边站着老朋友K田君，他突然兴奋起来。一股气味随风而来，尽管小雨和冷空气稍稍妨碍了它的扩散，但我们还是一下子就闻到了。我们站在宽广的车站前的大马路上，不由得对望了一眼，一齐喊道：“秋刀鱼！”

有人在烤秋刀鱼。在哪里？当然是在“秋刀鱼祭”的会场啦。

两个人都激动起来。刚才我们在车站前的便利店里买了一份《钏路新闻》，上面的根室版大标题写着《日捕捞量连续超过1000吨的秋刀鱼祭与往年规模相同》。到底是当地的报纸，版面头条就是“秋刀鱼祭”。我们匆匆往下浏览了一番，报道是这样写的：“由于捕捞困难，捕捞后的竞价突破历史最高点达每千克3000日元。市民餐桌上的大众菜肴秋刀鱼在今年的异常形势下竟成了紧俏商品，即使产地根室也不例外。本月7日花开港头天开捕秋刀鱼突破1000吨，11日以后在有交易的6天里，其中5天捕捞量超过了1000吨，可见秋刀鱼捕捞工作正在日渐恢复之中。”

太好了，真是太好了。我们好像一下子成了根室市民似的，一起鼓起掌来。

由于年轻人外流和出生率下降，根室市目前常住人口已不足3万。只有秋刀鱼才是振兴市政的强心针。因此，两天之内就能吸引北海道内外近两万名观光客的“根室秋刀鱼祭”就成了全市的重要活动，所有人都盼着活动能够照常举行。由于捕捞季前期捕捞量不足，导致竞价居高不下，好在进入9月以后，捕捞量有所恢复，渐与往年持平。报道中提到主办方曾考虑过缩小活动规模，但据说目前仍能确保“每位参加者获赠两条鱼的数量（约4.8吨），与往年相同”。我们手里拿着《钏路新闻》，向会场所在的根室港走去。

“哇，这么多人。”K田君在根室港的入口处停下了脚步，我也张大了嘴，被眼前的景象惊呆了。这是怎么回事？我从来没有见到过这样的景象，到处充斥着烤秋刀鱼的烟雾，整个港口一片模糊。港口雾气弥漫的情形并不稀奇，可港口被烤秋刀鱼的烟雾弥漫的情形全国可能再找不出第二个了。况且，我们每呼吸一口空气，就觉得烤秋刀鱼的气味直冲鼻腔，强烈地刺激着我们的食欲。

等我们看清了眼前的景象便再也移不开步了。只见100米长50厘米宽的特制火炉在港口上长长地排了2排，炉子底下烧着红彤彤的木炭，炉子上面放着的正是根室引以为豪的新鲜秋刀鱼，它们一条一条紧紧挨着，发出噼噼啪啪的响声。炉子周围围着一圈手里拿着一次性筷子的人群，一个一个伸长了脖子。与其说这是“秋刀鱼祭”，倒更像一场盛大的宴会。我头一次知道，原来日本最东端的这个海港竟然是这个样子。小雨差不多快停了，我们走进了这个庆祝的场面，被大家的兴奋感染着，竟忘了从东京长途跋涉而来的疲惫。一些截成一半的铁桶，被拿来充当临时烤盘，它们上面都冒着白烟，更增添了热闹的气氛。

我们也加入了宴会。每人分得两条秋刀鱼，都是刚从冰水里捞上来放在纸盘子里的，还有萝卜泥、半个酸橘子、盐巴和一次性筷子。“您拿好了。”站在会场入口处帐篷下的工作人员向我们递来一套免费盐烤秋刀鱼，他们的慷慨、气度以及当地渔民的深情厚谊便深深地打动了我们。我们心怀感谢地接了过来，走到旁边的火炉边，挤进人群。

我把自己手里的两条秋刀鱼放在了烤鱼的铁丝网上，鱼身上冒出哧的一声。

一下子就把两个人的4条鱼全烤了，似乎有些浪费。我们决定先烤我手上的两条，等烤好以后一人吃一条，吃完再烤K田君手里的两条。哧，哧，鱼身上发出的响声好像在欢迎我们似的，震动着港口的空气。我终于要跟心心念念的根室秋刀鱼亲密接触啦。我端正了一下身子，紧紧地盯着秋刀鱼看了两眼。鱼身是那种闪着光亮的银色，略微有点发蓝。鱼腹鼓鼓的，背很厚。鱼眼睛又圆又亮，目色清明。这些秋刀鱼从北海道洄游到千岛列岛的亚寒带海域上，吃饱了鱼饵后被寒流冲入北海道以东洋面，所以刚刚南下不久。而且秋刀鱼的名字也有来头，因为它的身体就像一把磨得又快又亮的短刀，清冽之美令人心醉。再加上勾人食欲的香味，简直叫人欲罢不能。

“哇，一下子感觉肚子好饿。秋刀鱼真能唤起人的本能啊。啤酒，啤酒，我去买去。”K田君去买啤酒的当儿，我拿着一次性筷子照看着炉子上的秋刀鱼。只见我右边的一家人烤了8条，左边的几个男青年烤了4条，烤鱼的烟火一起散开。

“你从哪里来的？我们是从钏路过来的。”我正往秋刀鱼上撒盐巴呢，右边那家的妈妈跟我打招呼说。听到我回答东京，她不禁大声感叹，同时打开自己带来的折叠椅坐下，满脸骄傲地说：“吃这里的秋刀鱼，会上瘾的。我们全家每年都从钏路开车过来吃呢。”

她说他们来根室吃秋刀鱼今年已经是第5年了，这成了他们家的一项传统活动。她一边说还一边不忘照看着手里的秋刀鱼，瞅准火候就立刻翻个面，手法十分熟练，不愧是这里的常客。

烤鱼的时候先烤一面，熟了之后再翻一面继续烤。等到鱼皮略焦，稍稍膨胀起来，颜色转为金黄就基本烤好了。在室外烤秋刀鱼，我们一般得借助蜂窝煤和扇子，不过这里是海港边上，有海风帮忙自然就不用扇子了。如果炭火不够旺，就跟负责运炭的大哥打个手势。“马上来。”他很快就会把烧得红红的新炭用铲子给我们运过来，完全不用我们操心。不过我已经一年没有烤过秋刀鱼了，看到火太旺，火焰上蹿还是会吓一跳。另外烤鱼冒出的白烟，很呛眼睛。我一边擦眼泪一边手忙脚乱，这时对面那个爸爸朝我喊：“好了，好了，再烤就焦了。”

我赶紧把那两条烤得黄灿灿、肉头又十分结实的秋刀鱼从炭火上拿到盘子里。

“如果不嫌弃的话，加点这个吧。放上辣椒粉更好吃。”

此刻根室港泛滥着秋刀鱼同好者的友谊。

真想立刻就把秋刀鱼放进嘴里，哪怕烫破嘴唇也不足惜。口水不断地从我嘴里冒出来，说好的啤酒怎么还没来？我焦急地等待着，啤酒来了。不，是K田君摇晃着两手白泡沫回来了。

“哇，人好多。”

“快点，快点。我这刚烤好。”

“太好了。”

为我们千里迢迢赶到根室来干一杯吧。为顺利举办了的“秋刀鱼祭”干一杯吧。雨已经停了，海港上空海鸥飞舞。据说根室的海鸥个个营养充足，个头非常大，我们跟海鸥一起被浓烈的烤秋刀鱼香味包围着，拿起了筷子。

吃秋刀鱼一般先从鱼头边上开始，把筷子冲着鱼背方向插进去，鱼肉就会自己散开来。这时厚厚的鱼肉就夹在了筷子中间，慢慢地把它放进嘴里去，嚼，一口一口地嚼。紧致的鱼肉中散发出浓浓的鱼油，在嘴里形成一层柔滑的薄膜。怪不得人们喜欢根室的秋刀鱼，叫它作“肥秋刀”。我闭上眼睛，慢慢地咀嚼着。只觉得很有质感的鱼肉一下子冲进了我的口腔，好有存在感。吃完了鱼背，喝一口啤酒爽爽口，接下来就是吃鱼肚了。为了不破坏鱼肝，我们从右下方下手，鱼肚肉油光闪亮，刚才一口啤酒才下肚，一吃嘴里立刻又形成了一层浓香的油膜，我不知道该用什么词语来形容了。

最后是鱼肝。秋刀鱼最好吃的部位就是鱼肝。我们把鱼身上的小刺挑开，把鱼肝拌在肉上，放进嘴里，搁下筷子。

我不由得看了一眼身边的K田君，他正无比陶醉呢。

“怎么样？魂没飞走吧？”

“哇，真叫人感动。”

真甜啊，又软又甜，太不可思议了。我以前一直以为秋刀鱼的鱼肚部分有一股苦味，这苦味才是秋刀鱼的特色。可我现在吃的鱼肝不但不苦，反而有点甜，又软又滑微微带着甜味。那独特的苦味竟不知道藏到哪里去了，鱼肝就像一种好吃的沙司似的，跟鱼肉混合在一起，轻轻地撼动着我们的味觉。

K田君不禁热泪盈眶：“我活了30年，才吃到最好吃的秋刀鱼。”

一点不错。说实话，我也有同感。我活了半个多世纪，今天才第一次遇见这么好吃的秋刀鱼。我之前吃过的秋刀鱼到底都算什么呢？一边感叹着自己遭了报应，一边小心翼翼地把剩下两条鱼各自分着吃掉。我被烟雾呛得流出了眼泪。

这才是“根室秋刀鱼祭”的真味啊。根室每年捕捞近10万吨海产，其中秋刀鱼占到了一半，换算成捕捞金额，每年基本上可以超过50亿日元，完全是整个根室市的经济支柱。根室市不惜成本，每年用两天时间在港口举办“秋刀鱼祭”，免费向游人提供近4吨的秋刀鱼，真可谓一桩壮举。我此次倘若不是亲身经历，是绝想象不到的。我的身子微微打颤，这绝非气温已经降到了17度的缘故。

傍晚5点30分。薄暮笼罩了港口，天气也越来越冷，可会场上依然人群如流，到处冒着烤秋刀鱼的烟雾，气氛越来越热烈。突然大喇叭里的广播掌握了会场的主动："各位来宾，点亮渔灯的精彩瞬间即将到来。"

只见根室海域上"嘭、嘭、嘭"地升起了几朵烟花，紧接着停靠在岸边的3艘渔船一齐亮起了渔灯，通明的灯火叫人震惊。

原来秋刀鱼有趋光的习性，根室的渔民利用这种习性进行捕捞。他们将装在船舷两侧的数根圆棍形日光灯伸出海面，日光灯就像《星球大战》中的样子（不好意思这比喻有点老旧）。然后将灯光对准有秋刀鱼群的海域，引诱它们进入事先插入海中的渔网里，再慢慢收网。这种捕捞方法只日本才有。据说一艘大型渔船，一次可以捕捞30吨以上的秋刀鱼。渔灯就是捕捞秋刀鱼的象征。

今夜是值得庆贺的节日。渔灯照耀的不再是秋刀鱼，而是几百个津津有味吃着秋刀鱼的男女老少。我走近这亮如白昼的渔灯，只觉得灯下暖暖的，就像钻进了火炬桌。多亏了这些灯，帮我们驱走了寒意。随着夜幕降临，气温逐渐下降，会场特设的舞台上歌舞正酣，北海道地区的8个团体参加了"拉网小调之秋刀鱼祭杯"的角逐。活动进入了高潮，一些老人跟着音乐有节奏地鼓起掌来。我喝着一杯300日元的根室特产昆布烧酒"根室子"取暖，身体从里到外都被烤秋刀鱼的烟雾熏透了。

第二天早上，根室笼罩在一片雾霭之中，雨又无情地下了起来。我担心今天会场会比较冷清，上午 10 点和 K 田君又一起去了一趟。于是——

到底是“秋刀鱼祭”啊！大家全然不理会天上下着雨，依旧在会场的一角排起了长队。今天最先入场的 150 名游客，可以参加“抓秋刀鱼大会”。参与者用双手从装满冰水的箱子里抓秋刀鱼，抓到的统统可以带回家。去年每人一次收参加费 200 日元，今年因为捕获的秋刀鱼数量不多，所以费用涨到了每人一次 500 日元。可大家依然热情不减，据说有人一次能抓三十几条呢。另外会场里还有一个人气项目，就是整箱销售秋刀鱼。今年一箱定价 2000 日元，比去年贵了 700 日元，可这里一大早生意也很兴隆。

事实上，“根室秋刀鱼祭”开始于 17 年前。当时只有 7 个当地人自发组织，是个小规模的活动。因为那一年，俄罗斯向日本开放了免签，所以大家想举办一个活动表示纪念。思来想去，就把活动定位在了秋刀鱼上，决心举办秋刀鱼祭。起先活动的地点安排在根室车站的前面，后来游客每年都在递增，竟成了北海道最知名的活动，两天内可以吸引两三万人参加。

“不过，今年我们还真是挺担心的。起先确实捕不到鱼。”从第一次活动以来就一直担当实行委员长的田家彻站在雨中，望着四处升起的烤秋刀鱼的烟雾，脸上露出了欣慰的笑容。他说根室的秋刀鱼祭从一开始就得到了当地渔

根室秋刀鱼祭。
到了晚上，还有渔船的灯光秀，
以及歌谣大会。
参加者每人分得两条秋刀鱼。
哇！
真大！
好新鲜！
一百米长的特制火炉，
排成两排。

烤呀！
烤呀！
哈！
唔……
唔……
好吃！
不愧为根室的秋刀鱼。
接下来尝尝放入秋刀鱼丸的
——刀汁。
候补特产——
秋刀鱼手卷寿司（昆布卷）。
最后吃了
秋刀鱼盖浇饭。

民的大力支持，包括会场的设置、管理以及在特设专区里提供的秋刀鱼料理，点点滴滴都由当地居民义务帮忙。没有人从中营利，“根室秋刀鱼祭”自始至终都是大家自发参加的。

“因为游客越来越多，我们把会场搬到了根室港，举办第 8 次活动的时候，我们请求渔民把渔船停到岸边来，晚上打开渔灯，结果被渔民们大骂了一顿：‘开什么玩笑，这怎么可能？’但是，活动前一天，我们通宵准备，就有几艘齿舞的渔船，点着灯朝港口驶来……”

那次大家真的哭了，田家说着显出自豪的神色：“都说根室的雾重，其实根室的人情更重。”

今年是根室港开港 100 周年的日子。由这些重情义的渔民们拼着性命捕回来的花蟹、三文鱼、海鞘、章鱼、鲽鱼，统统都带着北方人浓浓的情义。

即将结束旅行时，我决心和 K 田君到纳沙布海角看一看。海角位于东经 145 度 49 分 01 秒，北纬 43 度 23 分 07 秒，是日本的最东端。天气依旧很坏，又是雾又是雨，叫人惆怅。

“对面就是北方领土了。”

“这么近啊。如果不是亲眼看到的话，我还真不知道。”

到了冬天，海角附近的流冰就会把根室和北方领土连成一片。虽说现在才 9 月，我已经能够感受到根室冬天的气象了。吃了那么多秋刀鱼，我感觉根室已经成了我身体里的一部分。

在根室的两天，我过足了秋刀鱼的瘾。第一天在会场的火炉边，一连吃了两条盐烤秋刀鱼。又去满是北国风情的居酒屋“俺家”，喝了当地的清酒“北之胜”，下酒菜选的是秋刀鱼寿司、味噌秋刀鱼泥（海鞘的刺身也好吃极了）。第二天我们在会场特设专区吃了渔协妇女部亲手制作的秋刀鱼拉面、放入了秋刀鱼丸的“刀汁”，还有刚出炉的秋刀鱼米饭。又到市内的“辰政”饭店吃受人瞩目的候补特产“秋刀鱼手卷寿司”(由根室秋刀鱼和寿司饭用桌前昆布卷起来的寿司)、秋刀鱼刺身、秋刀鱼丸汤。最后又在钏路机场里的和食“北斗”饭店里吃了最后一顿美餐，秋刀鱼盖浇饭——怎么吃都不厌，而且越吃越能体会根室秋刀鱼的魅力。

当我把秋刀鱼刺身放进嘴里时，立刻就感受到了那一股妖娆的滋味。这味道一定会让我回味到明年秋天的。

狠狠地咬上一口

好久没去常去的那家烧鸟店了，今天过去转了一下。看到店里的菜单，立刻条件反射地开始牙疼。真想狠狠地咬上一口啊。我与生俱来的欲望被菜单上的鸡脊肉刺激到了。

“不识货的人总是忽略它。”

法语中被称作sot-l’y-laisse的部位，即靠近鸡腿根部的一小块球状鸡肉，一只鸡身上只有两块，十分难得。因为肉紧靠在骨头的内侧，宰鸡时一不小心就会被忽略掉，所以法语称之为“傻子才会错过它”。

把这两块极难得的小球串在竹签上，烤得涨起来，再一口咬上去，那香味就一下子迸发出来，叫人忍不住闭上双眼。满口的兴奋劲儿翻滚扭动，真想一直这么嚼下去。

于是香味越来越浓，积聚在舌头两侧，一直渗透到牙龈。

咀嚼。人的一种本能。

不过，最近情形有些不同了。以前理解“好吃”二字的意思时，我会说：“好软啊，像要溶化了似的。”身体也随之扭动起来。曾几何时，“软”已经成了“好吃”的必要条件。诚然，入口即化的感觉确实不错，可事物仍缓急有致。成人吃的饭食终究不是婴儿的辅食。既然长了牙齿，就要用它来咀嚼。不咀嚼怎么品尝美味？如果人类只一味吃软的食物那么生命力就会下降。前段时间我去津轻地区旅行，在路边的小集贸市场买了点看起来非常好吃的三文鱼干。即将带皮的三文鱼切成长条，任海风把它风干的一种北国食品。等车时我忍不住开了一罐，拿了一条放进嘴里。哇，好硬，牙齿都快咬断了，只好忽悠自己把它在嘴里软磨硬泡了好长时间。此外我还买了干贝，它也跟小石块似的硬得要命，我拼命地嚼啊嚼啊，好不容易才把它嚼碎。这时我突然感觉自己的生命力大不如前，懊丧极了。没想到津轻人把满是挫败感的我大大取笑了一番：“这才刚开始呢。最难啃的是鳕鱼干，我们吃鳕鱼干之前都得先拿锤子出来把它敲碎。在我们这很寻常的。”

是吗？得先用锤子敲啊。北方人太有毅力了，我不能再在食品的软硬上跟他们纠缠了。

我暗自感叹着，忽然 K 田君笑嘻嘻地递给我一个口袋：“给你，伊贺的硬煎饼。我刚才听他们说什么用锤子锤，突然想起来了。听说这煎饼以前是忍者随身携带的干粮，我正好买到了，你尝尝吧。”

我打开口袋一看，里面果然放了一柄小木槌。煎饼直径约莫 7 厘米，厚度为 1 厘米。我试着拿手掰了一下，纹丝不动。看了一眼说明书，上面说请将煎饼连口袋一起放在手掌上，对准中心用锤子砸开。

“这个，好吃吗？”

“应该好吃吧。”

可我用锤子砸了好几下，煎饼一点反应都没有。我狠了狠心，豁出命地砸起来，可依然不起作用。就在我跟这块煎饼奋战了 10 分钟之后，自己都快放弃了，岩石般的煎饼才裂成了 3 瓣。

煎饼的味道居然还不错，有一半原因该归功于我把它砸开来了。我就像一只老鼠似的，用牙齿一点一点把煎饼咬碎。真没想到从前躲在屋顶上的伊贺忍者就是这样从怀中掏出煎饼充饥，并坚持完成任务的。我嘴里嚼着硬煎饼，脑海里闪现出在新年书法会上写过的“卧薪尝胆”4 个字。

世上的味道千奇百怪。有一种食物每吃一口，就会发出强烈的阿摩尼亚臭味，直冲脑门，叫人几乎闭气。我初尝时，感觉臭味有如针刺，呛得我一个劲地咳嗽流眼泪。它就是韩国的鳐鱼刺身。这是一种将鳐鱼发酵后做成的食物，产自韩国全罗南道木浦地区，继而闻名全国。7年前，我因为太想挑战它了，就专门去木浦跑了一趟。那真是一次前无古人后无来者的体验，我尝到了这世界上独一无二的味道，属于魔界的味道。如果有机会我还真想再吃一次，再经历一次叫人气绝的体验。不过现在首尔也很难见到它的踪影了，更何况东京。

“那个东西吗？上野好像有。”据K田君收集来的情报称，目前在上野有一家供应鳐鱼的韩国料理店。真有此事？不会是假的吧？我深入打听之后，还真是吓了一跳。听说那家店还有“三合”卖呢。“三合”是将鳐鱼和泡菜、白煮肉放在一起吃的木浦特产。我完全坐不住了，脑子里净是“三合”的味道。把鳐鱼、泡菜和白煮肉一起放进嘴里咀嚼……现在就去上野！

韩国料理店“二东米酒店”就在不忍池畔，一幢杂居大楼的4层。店里的装修十分朴素，有如置身首尔某间饭店的感觉。这次陪我一同前往的是K田君、和他同年进公司的W井君、摄影师F野小姐。“听说今天有好吃的韩国菜，就一起过来了。”大家围着桌子笑容满面地坐下，谁都不会想到迎接他们的将是几近昏厥的命运。

首先让我们以鲜米酒来互相干杯吧。米酒用京畿道抱川市白云溪谷天然岩盘水制成，半发酵的新鲜感在我们嘴里扩散。韩国的米酒一般用米和小麦麹酿制，有一点点酸味，特别容易上口。而且这米酒是鲜的，味道更好，一不小心就会喝多，蛮有风险的。

我实在忍不住了，一上来就点了“三合”。就在等菜上桌的当儿，我向大家介绍，不，是让他们有个心理准备。据说这道菜即使在韩国也只有木浦一个地区会做，是一种很难得的食物。制作时需要严格控制温度，让瓶里的食物发酵。它所散发的恶臭完全超出人的想象。虽说这道菜很奇特，却是韩国菜里一道高级的待客食品。我滔滔不绝地解说着，店里的韩国女子给我们端来了凉拌菜，她说：“我一点儿也吃不惯鳐鱼。”在座的3位听后，神色立刻色紧张起来，不过为时已晚。

“啊，来了。”K田君小声叫了一句，转过身去。他觉察到有人把“三合”端过来了，也就是说他已经嗅到那强烈的臭味了。眨眼间那股不用看也能感受到的阿摩尼亚臭味便四处飘散，菜被端了上来。

只见鳐鱼刺身浑身散发着焦糖色的光泽，泡菜切得很大，白煮肉厚厚的。将这3样东西一起塞进嘴里就是“三合”的基本吃法。要不是味道太臭，它们就是3样普普通通的食物。大家看，就这样吃。我在握着筷子的3位战战兢兢的伙伴面前，做了个示范。

嚼啊，嚼啊，软骨碰到了牙齿，每嚼一口恶臭就从嘴里迸发出来，冲入鼻腔再释放出去。紧随其后的是泡菜的香和辣，还有白煮肉的甜，嘴里满是复杂又厚重的滋味。越嚼越觉得复杂的味道中还带着精妙。这时候再喝一口米酒，米酒的微酸便将所有食物都带入了一个更深的境界。不过今天吃的“三合”比我在木浦吃的气味要和缓多了。

“怎……怎么样？”K田君担心地看着我，我只好不说话点了点头。因为一张嘴臭味就会直接蹿到鼻子里去。我示意大家一起吃。

大家伸出筷子，夹起“三合”放进嘴里。一时间周围一片寂静。第一个开口的是W井君。

W井君：“好冲。”

我：“什么？”

W井君：“一直冲到鼻子里，好辣，好辣。”

没法聊了。

W井君：“第一口的时候问题还不大，咬了三四口以后，味道越来越冲。”

他身边的那位已经流出眼泪来了。

F野小姐：“每嚼一口，软骨里就会爆发出强烈的酸味和臭味，从牙龈麻到嘴唇。每嚼一口都好难受。”

K田君：“泡菜和猪肉能帮忙解围啊，我觉得挺好吃的。”

W井君：“嗯，光闻味道是蛮吓人的，不过吃还是可以吃的。我生平第一次觉得泡菜这么治愈。”

F野小姐：“那我们到底要嚼到什么程度再吞啊。软骨一直很韧，忍不住一直会去嚼它。可一嚼那个酸味和臭味就……”

“三合”的真味就是能演绎出激烈的下文。不管你吞还是不吞，只要张口说话，臭味就从嘴里跑出来直击你的鼻子，所以后来大家都只好闭上嘴巴。

“让你们久等了，鳐鱼刺身来啦。”

端菜的女子冲大家咧嘴笑了笑。我们原本就是奔着它来的，怎么可以放弃。只是不知道那3位能不能经受得住它的又一轮冲击？

——咳。

席间的沉默被打破了，有人发出了第一声咳嗽。W井君愁眉苦脸地向后仰去。

W井君：“能给我一杯水吗？咳咳，我大概要不行了。”

F野小姐：“牙齿和牙齿之间好痛啊，又麻又痛。”

W井君：“刚才那个泡菜的援手真是太重要了。光吃这个的话，刺激过头了。咳咳，咳咳。”

F野小姐：“臭味太大了，舌头都麻了。抱歉，我不能再奉陪了。”

这两人全军覆没。

时隔5年我终于实现了心中所愿，感怀之情占了先机，便觉得那种刺痛和眼泪都是幸福的。鳐鱼厚厚的肉身在齿间碰撞、反弹，上下牙齿和牙龈全都又麻又辣。鱼软骨越嚼臭味就越喷涌而出，直冲脑门而去。其间再来一口米酒，一切诗意的语言就都不管用了，真是实实在在的肉搏啊。

这是三合。
猪肉……
加上泡菜和鳐鱼。
嚼，
唔！
唔！
不停地嚼。
继续嚼，
鳐鱼越嚼味道越冲。
哇！
哎！
怎么说呢……
其实还挺好吃的！
到底要嚼多久再咽下呢？
喝一口米酒吧！

“哇，还蛮好吃的这个。”我转头看了看K田君，他正闷头大吃呢，态度远比才吃一口就举白旗的那两位沉着冷静多了。他平静地举起筷子，边吃边喝，一块又一块地往嘴里送。一言不发只管嚼着，就像一位特别精通这道菜的吃货似的。

W井君：“你还真厉害啊。”

K田君：“是吗？”

店里的菜单上没有写，其实店里还供应蒸鳐鱼，就是将这种鳐鱼蒸熟了吃。照店里金贞淑女士的话说：“蒸了以后味道更大，每次端出去，客人们都会把头别过去。”不过那天店里正好没有蒸鳐鱼这道菜，这对那两位已接近身体极限、再吃就要“人格崩溃”的人来说实属幸运。

回去时，大家的脸都红扑扑的，身体也暖和了很多。真了不起啊，一条鳐鱼就能抵御冬天的寒风。我们一边回味着那些奇幻的滋味一边向上野站走去。

冬天是Gibier的季节。Gibier是法语，意思是捕获山里的飞禽野兽当食物的意思。比如野鸭、山鸡、鹌鹑、山鹬，还有鹿、野兔、野猪，等等。在以法国、比利时为首的欧洲诸国，均有在冬季捕食野味补充体能的习惯。深秋季节，法国等地的肉铺门口就会挂出野兔、野鸭。

“我要炖野兔肉，您帮我宰一下吧。”

野味也是主妇们常用的食材。由于这些野味都需要特殊的处理，带有很强的特性，所以由饭店厨师精心烹调的野味就更鲜美。我要怎么解释这种感觉才好呢？也许可以说是每嚼一口，就会有将生命之源吸收进自己体内的喜悦吧。

每当寒风乍起，我便会想起位于广尾的一家法国餐馆“阿拉丁”。主厨川崎诚也做的正宗法国料理，一点不花哨，朴实又温和，充满了男性的魅力。他的这种烹饪手法在野味上也发挥得淋漓尽致。如果你冬天去“阿拉丁”，就能尝到煎鹿排、烤野兔、烤山鸡、野鸭和野猪肉做的肉饼……想一想都叫人流口水啊。不过其中还有一个很叫人神魂颠倒的菜肴，就是沙司烤野鸭。做这道菜的沙司里用了鸭血、鸭架和内脏，做出来时颜色深红又有点像浓茶，特别刺激感官，是一种非常正统的法国菜专用沙司。现在正值冬季，我好想去“阿拉丁”咬上一口那浇满沙司光彩照人的烤野鸭啊。

心中期待着这久违的美味，我兴奋得难以自已。去年冬天我也好几次在脑海里憧憬过沙司烤野鸭，终因诸事缠身不得成行，错过了品尝美食的季节。如今“阿拉丁”就像一盏能为我实现愿望的神灯一般，等着我去大快朵颐。

我跟川崎主厨打了声招呼，叙述了彼此别后的生活，他端了一只拔了毛的野鸭过来：“今天我们供应的是茨城的野鸭。一会儿我们会把整只鸭子烤了，再切成小块，请大家品尝。”

K田君发出了一声轻呼，瞪大了眼睛。虽然我们还没法在看见一只光溜溜的野鸭被装在银盘里端到自己面前时就忍不住要咽口水。但为了取食其生命，我还是想好好审视它一番的。这种情况下我尤其敬佩厨师——拔毛、下刀宰割、处理后将食材变成菜肴，都需要精湛的技术。从这个意义上说，主厨就像是一场庆祝活动中的祭司。

冷菜是白松露鹅肝酱。鹅肝又松又软，味道十分浓郁，旁边搭配的白色松露散发着诱人的香味。看上去十分轻巧，吃起来却很有层次。野鸭还没有烤好，我想到之前我在这里还吃过煎鹿排。鹿肉之美就在于紧致的肉质和纤细瘦肉中的那股柔滑滋味。如果你以为鹿肉太过寡淡，那就大错特错了。瘦肉嚼在嘴里，它那独特的滋味就会不断涌出。煎鹿排有腓力和里脊两种，旁边还附上一块煎得香香的鹿肥肉。把煎好的鹿排和鹿肥肉一起放进嘴里，甜甜的油脂包着紧致的鹿肉，叫人不由得闭上双眼，舍不得睁开。我也好想再尝尝那个煎鹿排啊。

不过，今天我们主要是奔着野鸭来的。就像洞悉了我已端正了心态似的，第一盘鸭肉上桌了。

这是烤鸭胸脯，搭配一块柠檬片。

这道菜很简洁，以简取胜。鸭胸脯连着烤好的鸭皮切成3毫米的小块，再在火上煎一下，火候掌握得刚刚好。肉一碰到刀就松开了，嚼上去可以感到肉质的纤细。一股带着鸭血气的野味在口中扩散开来，我挤了几滴柠檬汁在鸭肉上，柠檬的酸味更凸显了天然的滋味。

下一道就是沙司烤野鸭了。店里给我们端来一个白盘子，里面满满地装着一大盘深红色的沙司，野鸭的胸脯肉就一片片摊开在沙司中间，十分煽情。

“我要醉了。”我听见K田君在旁边咽了一口唾沫。

“嗯，还真是啊。”我调整了一下呼吸，盘子里装的就是刚才那一整只的野鸭。

我用叉子叉起一块厚厚的鸭胸脯，蘸满沙司后放入嘴里咀嚼。只觉得浓稠的沙司里有点苦、有点涩、有点甜还有点香。嚼一口，肉汁里就渗出丰厚的美味来，叫人不禁肃然起敬。然而，嚼着嚼着当初的敬服之感就转化成了征服欲。原来所谓品尝就是充分接受并把食物变为自己身体的一部分啊。

“阿拉丁”在制作沙司上有自己的一套方法。那就是川崎主厨在法国工作10年后，回国时带的一套传统压榨机。即以做野鸭料理闻名的米其林三星餐厅中常用的压榨机。鸭架放进机器里，拼命挤压就能榨出精华来，过后再将精华混入fond de gibier。fond de gibier是指把在红酒中浸泡一周的鸭架、鹿骨烤制之后，再放入蔬菜和红酒中炖煮数日，过滤后制成的汁，是做野味时非常费工夫的一种调料。川崎主厨冬天做料理都需要压榨机。

“我们把鸭骨髓里的精华全部都榨出来。在法国，人们用这种沙司做被闷死的家禽，回日本后我就拿它来做烤过的野鸭。”

榨汁需要两位厨师共同合作，使足了全身力气才能榨出一点点。可这一点点汁水里却浓缩了大自然的全部滋味。

K田君感动得喃喃自语道：“真是冬夜的美味啊。感觉所有美味都跑进身体里来了，暖得就像壁炉里的火焰。”

我同意他的看法。这道菜的浓厚滋味点燃了我们身上的火，叫人浑身暖洋洋的。也许这就是动物生命中的激情吧。

最后一道是用野鸭腿肉、鸭心和嗉囊做的色拉。咬一口鸭腿，肉汁就立刻充满口腔，叫人停不下来。嗉囊很韧很脆，口感非常好。鸭心的口感也不错，而且更细致柔和。

这3盘菜各有特色，我已经找不出词语来形容它们。最后的甜品是栗子蛋糕和浇蜂蜜的冰激凌，它像一只温柔的手轻轻地抚慰着我们。

俗话说：喜从天降。一只鸭子带来一根葱。这话一点不假。就在我们吃完野鸭料理后的几天，我和K田君不经意地进入东银座的一家居酒屋，看了看菜单。只见上面有烤下田大葱和千寿大葱猪肉卷两道小菜，下田和千寿都是关东地区最著名的两个大葱产地。这也太神奇了吧？我们不禁笑了起来，毫不犹豫地点了大葱。大葱也是需要人咀嚼的冬季美食，一层一层卷起来的大葱硬硬的，很好吃，咬下去才发现大葱里面竟然藏着淡淡的甜味。

有些美食就是需要人去咀嚼。还有什么由于我的疏忽而忘了的美食吗？我错过了什么？想到这里，我便不由得把视线转向了四周。

悠悠老头鱼

如果用“银装素裹”来形容眼前景色的话，未免有些厚重；而称之为“粉妆玉砌”又太过矫情。挂在各家屋檐下的串串冰柱就像一根一根粗壮的犬牙。2月下旬，大雪覆盖的下北半岛此时正默默隐忍着。我怀着一种类似畏惧的紧张感，向着日本地图上那个斧状的北国前进，且一路向北。

目的地是位于津轻海峡最北端的风间浦村，即地图上那柄斧子扬起的先端。我从三泽机场坐汽车，3个半小时后到达。倘若要问我为什么要专程走这么一趟？我的回答就是：“因为那里有日本独一无二的，这个季节才有的美食。”

它就是老头鱼。在日本只有风间浦才能捕到活老头鱼，也只有那些在冬季踏雪而来的客人才能遭遇这种美味。而且我听说在当地还能看到“雪中切”——人们在雪地上宰割老头鱼。那就非去一趟不可了。

也许是老天保佑吧，当我长途跋涉到达风间浦时，大雪也随之停了。皑皑的积雪闪着耀眼的白光，天空奇迹般地放晴了。可我一下车，还是觉得自己立刻就被冻僵了。“雪快点化了吧。”我走不惯雪地，沿途滑倒了好几次，终于摸到了“浅野食堂”。

屋里的炉火融化了我眉睫上的霜花。只见菜单上写着鲑鱼子盖浇饭、墨鱼刺身、海萝拉面……我从这些下北风味的菜品中选了烤贝壳套餐。冬天到青森地区旅行，我第一餐就想吃它。烤贝壳是当地的家乡菜，用扇贝壳当小锅，把鱼块和海藻装在贝壳里，加入汤汁再放到火上去烤，最后浇上蛋液。在下北半岛，人们通常用自家制的味噌来调味。

青森的主妇们异口同声地称：“贝壳是有鲜味的。”

只要我吃上一口煮得热乎乎的烤贝壳，这颇有冲击力的津轻海峡冬令美食就会立刻让我浑身轻松。对了，差点忘了。菜单上还写着墨鱼寿司呢。所谓墨鱼寿司，就是将胡萝卜、青菜和墨鱼爪统统塞进墨鱼的肚子里，然后用醋腌了吃。寿司切开后，墨鱼的白和蔬菜的姹紫嫣红就像花朵般绽放在饭桌上。墨鱼的鲜美和酸味，叫人一吃就停不下来，等回过神来才发现整只墨鱼都被我消灭了。实在是一种“危险”的食物。

我真想赖在“浅野食堂”里不走啊，可今天不行。我今天的目标是什么？对，老头鱼啊。

我头一次吃老头鱼是在另一个老头鱼产地，即以黄色老头鱼闻名的茨城渔港。我找到一家做老头鱼火锅的知名饭店，那家的名人大妈一进门就问我：“要看我怎么把鱼吊起来杀吗？”只见她把老头鱼的下颚挂在从天花板上垂下来的粗钩子上，然后在店后的寒风中，单手拿刀，三下五除二地就把鱼肉片了下来。她家的老头鱼火锅加入了鱼肝，并用味噌来调味，最后把切好的鱼块和鱼胃都放进去一起煮。吃到嘴里，完全是想象不到的清淡。

老头鱼很奇怪，它长着一个怪模怪样的大头，又软又扁，是一种惯于潜在海底的深海鱼。鱼嘴上部有一个长长的突起，能左右晃动把小鱼赶到一起来，鱼嘴趁机一张就把小鱼们都吃进肚子里去了。老头鱼不善游动，总是一副懒洋洋的模样，可有时也会浮上海面，张嘴露出锯齿把海鸥整个吞下去，脸上却一点不露声色。就像一个在衬裤上缠肚兜，吞云吐雾的海底肉食系老头。

这“老头”能好吃吗？

好吃。不过，这种美味却不是每个人都能享用的，喜欢的人暗自喜欢。说来说去我想吃的都是一个“糟老头”，能把它从头到尾连鱼肝全吃掉才是最美的。

然而，我听说风间浦的老头鱼跟别处味道都不一样。

平成二十三年（2011）青森县的老头鱼捕捞量为589吨，其中在风间浦捕捞的87吨卖出了全县最高价，是老头鱼当中的极品。因为他们采用了自明治时代就一直传承下来的空钩垂钓法，即独特的“延绳渔法”。其他渔港一般都用海底撒网的办法捕捞老头鱼，所以多少会伤及鱼体，有损鱼的口味。而风间浦所在的下风吕地区，由于海底较别处要高出10米，且海底地形平坦，所以不用撒鱼饵直接下空鱼钩就能钓到活的老头鱼。

是时候会一会风间浦的老头鱼了。我踏着齐腰深的大雪，来到了港口，看见岸边放的都是刚刚打捞上来的老头鱼，一个木箱一个木箱装得满满的。

老头鱼真是难看，我几乎分不清哪里是它的头哪里是它的背，就那么软趴趴邋里邋遢地瘫在箱子里。它们身上深褐色与黑色相间的条纹时不时还会活动一下，而且颇有光泽，弹性也不错。老头鱼身上都盖着厚厚的冰块，貌似很享受。最大的一条老头鱼体重超过了20千克。渔夫将鱼按大小分开装箱，冬季产量最高时，一天大约能捕捞400到500千克。一月末的批发价为小鱼1420日元一条，大鱼5000日元左右。

“这些鱼的肚子都是朝上放的，为的就是不损伤鱼肝，”说这话的是鲜墨鱼储备中心的一户正夫，“我们这没人会专门去买老头鱼吃。一般都是在钓比目鱼的时候，如果正好把老头鱼也钩上来了的话，就一起吃掉。老头鱼不用专门费神去钓。连鲍鱼、海胆什么的我们都不会想到要专门去寿司店吃。我们这里有的人连墨鱼也吃活的呢。”

哇，到底是风间浦，完全不是一般的水准。这里的海产太新鲜了。就在我不知如何应答时，一户又向我们介绍说：“老头鱼几乎所有的部位都能吃。江户时期的打油诗就有这样的句子：‘老头鱼，吃剩下的只有鱼唇。’而且老头鱼的拌菜也很好吃。过去家里有宴会的时候才会做，各家有各家的味道。”

我就是专为吃老头鱼拌菜来的，为了尝遍鱼唇以外的整条鱼而来的。我顿时觉得面前装鱼的箱子都成了百宝箱，里面的老头鱼都是金银财宝。我刚有些得意忘形，一户就拿了钓老头鱼用的鱼钩来给我看：“你看，就是用这个钩子钓的。”

凭这就能钓到老头鱼啊。鱼钩长 12 厘米，钩子像是用手掰弯的，十分锋利。钩子既尖又细，老头鱼一旦被钩子钩上就绝对跑不了了。老头鱼一咬钩，渔夫就立即往回拉。

“这个鱼钩以前都是拿锉刀一根一根锉出来的，”我突然听见一个嘶哑的声音，回头一看原来有一位穿着长胶鞋的老渔夫正站在我们身后，“我们一般带 10 张装了鱼钩的网出海。先把浮标放下去，目测一下距离就把鱼钩都撒出去。我从小大概 70 年前就开始干这个活了。不过现在是用动力船，船身外有机器。以前我们是开帆船出去的。”这位风间浦的老渔夫名叫铃木利行，今年74岁。铃木就是传说中坚持空钩垂钓的老人。以前用空钩垂钓的许多渔民现在都改成用渔网了，年轻人还通过船上的GPS导航。这样即便遇上大雾，不方便出海，有了GPS船也不会偏离航道，能够安全返航，所以效率较之从前提高了很多。不过，现在已经很少有渔民会使用传统的“入山”捕鱼法了。所谓“入山”法就是渔夫通过观察风向、海浪和可以看见的陆地形状，综合判断后出海捕鱼的方法。

“我那种方法已经没人用了，”铃木表情苦涩地嘟囔道，一旦把话题转到老头鱼上，他便又滔滔不绝了，“老头鱼咬没咬钩，我们一般都能感觉到，特别是只钩到一点点的时候。一般比目鱼咬到钩子就会拼命往回拽，老头鱼只会一点点蠕动。”铃木谈起老头鱼上钩的样子，就左右摇晃着自己的上身，那形象简直跟老头鱼一模一样。不过他最近四五年都没有钓到过什么像样的大鱼。“以前钓到最大的一条鱼有40千克呢。运气好的时候每天能钓十五六条，一个冬天下来差不多可以钓500多条。”他说着脸上露出遗憾的神情。

事实上，人们对老头鱼的生态习惯还没全部掌握。过了捕捞期后，一些个头稍大的老头鱼旁边都会有一些个头稍小的鱼跟着。不知道它们是不是一些雄鱼，人们对它们的认识还不够清楚。据说活的老头鱼捕捞上来后放在鱼缸里，不给它喂食也能存活10天左右。

真是一种很奇怪的鱼。听我这么说，老渔夫笑了起来："鱼是很奇怪，但吃起来好吃。最好吃的就是老头鱼拌菜，其次是老头鱼火锅。我们在船上做着吃的时候，最喜欢吃它的脸颊和背部。把鱼身晾干以后，点上柴火，把鱼扔进烧尽的柴灰里烤，那味道就跟河猪似的，好吃极了，"一会儿，老渔夫又笑了，"我觉得最好吃的还是鱼皮。不过也只有我们这里的鱼皮才好吃，其他地方的不行，不好吃。"

原来他喜欢吃老头鱼的皮，专家中的专家啊，连喜好都这么古朴。

太阳渐渐西沉，气温急剧下降，厚厚的积雪冰凉刺骨。只顾着听渔民们闲聊了，心心念念的老头鱼还一口都没尝到呢。等我回过神来，才发觉自己竟像是被老头鱼戏弄了一番。这么说我倒想到了，老头鱼跟漫画里的"笑面推销员"还真像。

今晚投宿在一家创立于昭和二十年的"佐贺旅馆"，风间浦位于著名的温泉圣地下风吕地区，它便是其中的一家温泉旅馆。旅馆主人佐贺敏一为我们准备了整套老头鱼料理，住一晚吃两顿饭，一共 13800 日元。我兴致勃勃地到下北半岛来，目的就是品尝除了鱼唇之外的整条老头鱼，现在心情就更激动了。

眼看着"雪中切"就要开始了。我想象中这"雪中切"

应该由斋戒沐浴过的男子汉赤裸着上身，在雪地中挥舞着尖刀向我们展示宰割老头鱼的绝技。想到这我不免心中紧张，便小心翼翼地向旅馆主人打听“雪中切”将在哪里进行？

“这个嘛……”他为什么笑得这么神秘？斋戒沐浴过的男子汉在哪里？

“我们在厨房里弄的。您说的那个是渔民家的女人把刚捞上来的老头鱼就地放在雪上宰鱼的做法。我母亲以前也常那么做。把鱼背朝下放在雪地上杀不容易打滑，而且鱼身上的黏液也一下子就去掉了，另外还能保鲜，那种做法最方便了。”

原来如此，我有点失望，不过仍没法舍弃自己对“雪中切”的幻想，便继续道：“那好啊，我们到外面去杀鱼吧。”主人很善解人意地答应了。

一条重约6000克的活老头鱼被抬到雪地上来了。虽然这鱼不算大，但那张奇怪的鱼嘴特别大，身子圆滚滚的，很有一种震慑力。而且不知道为什么把它放在雪地上看，感觉就更戏剧性。

“那我们开始吧。”穿着长胶鞋的主人，很熟练地用左手抓住老头鱼的头，把刀插进了鱼身，一刀一刀把鱼分成了两半，他抓住剥落的鱼皮，一点一点地运刀在鱼身上游走，又用自己的体重压着鱼身，像帮鱼脱衣服似的，一下子把鱼皮从头蜕到了鱼尾。老头鱼成了一个赤身裸体的胖老头，主人把新鲜的鱼肝取出后立刻放进盛了冰水的桶里，然后把鱼腹、胸鳍、鱼鳃、鱼胃、卵巢、鱼皮，7个部位全部分解开来。

“哇，速度这么快。”

“习惯了的话也就是十五分钟的事，切得慢反而不好切，不过这种鱼随便收拾一下也无伤大雅。”

新鲜的老头鱼一点腥味都没有。主人用穿着胶鞋的脚把杀过鱼的雪地踩了踩，若无其事地回了厨房。我看着他的背影，佩服他的能干。

其实全套老头鱼料理，是旅馆两年前才推出的饭食。之前他们在村政府聊天的时候，经常有人说：“我们邻近的大间村，因为盛产金枪鱼而闻名全国，我们村不也有很多好吃的吗？”

于是有人当场拍手称是，他就是风间浦村政府的干事木下弘美：“或许老头鱼能做点文章。”

大家仔细想了想，觉得村里还有传统的空钩垂钓，用这个方法捕来的老头鱼都是活的。而且风间浦的活老头鱼在全国的水产市场上都是公认的极品。

“我们这儿的老头鱼都卖到哪里去了？”调查发现风间浦的老头鱼在东京的筑地和茨城市场都卖到了最高价。真是太可惜了，当地的宝贝就这么眼睁睁地溜走了。可也怪不得别人，风间浦之前根本就没有人专门去钓老头鱼吃嘛。

不过，既然发现了这个商机就不能放过了。

“大间村能靠金枪鱼生财，我们风间浦就用老头鱼开路。就这么定了。”

村里人都行动起来，到下风吕温泉的旅馆和食堂去推销：“给客人提供老头鱼料理吧。”经过两年时间，大家的努力终于结出了硕果。当地有 9 家店铺决定供应全套老头鱼料理。他们向每到冬天就到当地来泡温泉的客人推广老头鱼。“干吧。”大家都铆足了劲。佐贺旅馆也是其中的一家。趁着这股热潮，大家又想出了“雪中切”的点子。许多客人听到这个消息专程前来品尝老头鱼，前年冬天共有 641 个旅客是冲着老头鱼料理来的，去年人数增加到 1147 人，而且其中三成都是专门从东京附近赶来的。风间浦的实力真是不可小觑，要知道这里的老头鱼才是最新鲜好吃的啊。

终于要吃上日本第一的老头鱼啦。傍晚 6 点半，我焦急地在佐贺旅馆的大客厅里正襟危坐地等待着，老板娘端着饭食上来了：“让您久等了。您的全套老头鱼料理。”

之前刚刚经受了“雪中切”的鲜活老头鱼，这会儿已满满当当地摆在我面前。只是经过厨师的烹调，老头鱼完全变了样。老板娘一一作了介绍：“这是老头鱼刺身，我们放了鱼肝在边上，请把刺身跟鱼肝拌着吃。这几样是蒸鱼肝、老头鱼拌菜、炸鱼块、鱼肉冻和老头鱼火锅。”

食物丰盛得我都不知道该先品尝哪一样了，照例先来

下風呂
下風呂温泉
那里有日本独一无二的，
这个季节才有的美味。
老头鱼！
さが旅館
昭和二十年创业。
全套老头鱼料理。
住一晚吃两顿饭。
一共13800日元。
处理老头鱼时，先取出鱼肝，
内脏，
卵巢，
鱼胃。

再取下鱼鳍，
就可以脱下整张鱼皮了。
厉害！
速度真快！
好了，
完工。
老头鱼套餐。
さが旅館
我要开动了！

片刺身吧。我夹了一块厚厚的生鱼片，蘸了蘸边上的鱼肝酱，放进嘴里。清淡的鱼肉又脆又韧，口感非常棒，有点类似比目鱼的味道，我又想起了“东有老头鱼，西吃河猪鱼”的俗话。这素淡的鱼肉配上鱼肝酱，真是绝配啊，我又夹了一片。这回我得多蘸一些鱼肝了。只见鱼肉上脂肪饱满，闪着艳丽的光泽，倘若被老大爷们看到，一定会馋得摇晃起身子来的。

刺身边上端端正正地放着一块被微微煎过的脸颊肉。“老头鱼的脸颊肉最好吃。”白天在港口，这句话几乎叫我耳朵听出了老茧。据说有些渔夫在船上处理刚刚捕捞上来的老头鱼，第一口就得吃它的脸颊肉呢。“脸颊肉”，这才是美味中的美味。我激动地夹了一块蘸了蘸鱼肝酱，放入口中咀嚼，肉质真有弹性啊。脸颊肉的魅力就在这弹性和口感上，再想想它那张难看的面孔，此间的差距真是大得叫人哭笑不得。

几口老头鱼下肚，我这才松了一口气。我看见刺身边上还放着一个暗红色小枣大小的圆球，原来是老头鱼的心脏。这时我又想起在港口上听到的一句话：“老头鱼的鱼心好吃。”

原来说的就是这个啊。我饶有兴趣地将鱼心放进嘴里，没什么味道。不过软软的，嚼下去就有油脂从里面渗出来。倘若是在暴风雪的大海上吃，一定非常享受吧。

接下来就该跟生鱼肝亲密接触啦。鱼肝是否好吃关键看新鲜程度，若非刚宰杀的活老头鱼的肝是无法称之为美味的。我刚想闭上眼睛好好品味一番，它就滑进肚子里去了。鱼肝又轻又滑，我还没来得及坐稳它就掉进了肚子，轻得不需要人吞咽。哪怕是蒸鱼肝，醇厚里也带着清爽。我想好好记住这清爽的口味，它是被大雪涤净的鱼肝才有的味道。

“佐贺旅馆做的老头鱼拌菜，非常好吃。”当地人都这么说。老头鱼拌菜是将老头鱼的鱼肝用味噌和米醋凉拌，再拌进一些鱼肉和鱼胃、鱼皮，是当地常吃的传统菜肴。由于这款家常菜也是宴会上不可或缺的，所以做法也各有特色。

“我们一般把蒸熟的鱼肝放进碾钵里碾碎，再加米醋和赤味噌，老板娘的娘家都是这么做的。鱼肝放得越多味道就越香，所以我们这道菜里鱼肝用得很多。”

回味无穷说的就是这个。烫过的鱼鳃、鱼皮、鱼肉还有鱼胃，每一样都有不同的味道和口感。有的脆、有的韧、有的软、有的劲，吃在嘴里就像开了个百味铺似的。而醇美的鱼肝则涵盖了以上所有的滋味，一口一口地冲击着味蕾。我手里的清酒和啤酒也一直没有停过。这道菜既谈不上色相也不怎么漂亮，却真的很好吃。“笑脸推销员”的背后还很有深意哩。

“老头鱼所有的部位都好吃，”旅馆主人很感激地说，“不同的烹调方法能将老头鱼做成各种不同的料理。在做这个全套料理之前，我自己也没想到它能这样千变万化。以前我印象里只有拌菜和火锅两种，为了把不同的部位用在不同的料理上，我们想出不少办法，提高了整条鱼的利用价值。”

炸得香香的鱼块，又大又好吃。如果把它拿到日本的西部地区去，人家一定会误以为是河猪鱼，说：“这个炸河猪鱼块真好吃啊。”佐贺旅馆发现老头鱼的鱼鳍弹性十足，就做出了一个原创菜，这也让他们在全套老头鱼料理上取得了成功。

我给装在小锅里的老头鱼火锅点上火，狠狠地夹了一块厚厚的鱼肉放进嘴里。最后又把米饭放进满是老头鱼鲜味的汤汁里，小火慢煮，起锅前浇一层蛋液，做成汤泡饭。饭粒饱饱地吸足了汤汁，吃到嘴里，叫我浑身发热，连脚趾都是暖和的。

最后我把整条老头鱼一点不剩地都吃进了肚子。不，应该是被老头鱼引诱着吃光了。我仿佛看见一位老大爷在大雪天的风间浦暗自窃笑。

夜里兴奋得难以入睡，冒着大雪去了下风吕温泉的公共浴场“大汤”，它是为冻僵了的渔夫们暖身子准备的。下风吕这个词原本就是阿伊努族语言中“有气味的岩石”的意思，所以仅下风吕地区就有3个温泉的泉眼，此地作为温泉胜地已经有上百年的历史了。昭和三十三年，作家井上靖来到这个弥漫着硫磺味的温泉乡疗养，写下了《海峡》一书。

“啊，温泉浸透了我的全身。我躺在本州岛最北端的海边，在一个雪下了又积下了又积的温泉旅馆的澡盆里，闻着浓浓的硫磺气味。”（井上靖《海峡》）

夜色之中，大汤洋溢着温泉小屋的古旧风情，矗立在大雪之中。我拉开门扉，向门房大妈交了300日元，走了进去。没想到狭窄的脱衣间一隅还放着一个冰箱，里面居然有瓶装的咖啡牛奶。我闻着硫磺的气味，亲身感受到此地温泉的悠久历史，在昭和时代这里的温泉慰藉过多少生活在冰天雪地里的人啊。

浴室和澡盆都是用青森产的柏木做的。柔滑的木材触及脚底，好舒服。澡盆分“热水”和“温水”两种，都是四方形的。我先进了温水盆，水温正好。我将整个身子都浸在水里，耳边听着澡堂里当地大妈们的交谈，感觉北国的夜色就这样静静地溶化在了乳白色的温泉里。

我浑身暖洋洋地走在回佐贺旅馆的雪地里，一抬头看见漆黑的津轻海峡对面有一片微光，那是函馆的灯火。

回到住处，将手放在燃得正旺的地炉上，我的脑海里突然闪现出一个念头：老头鱼此刻正在这天寒地冻的津轻海峡的海底，缓缓地游动呢。它定会对我这个专门远道冒雪而来的人微笑。现在日本只有这里才有如此的美味。老渔夫在暴风雪的风间浦海上垂下一根空鱼钩，老头鱼看到了就想去咬，等它缓缓起身一口咬上去的时候，渔夫就起钩。到底谁会是赢家呢？本州岛最北的海上正在进行一场冰天雪地里的智慧角逐。

赤目四十八瀑，遇见命中的乌冬

一切都缘起于K田君30岁那天的一句话：“我实在忘不了冬天和女友去京都旅行时，吃的那碗乌冬面。”他说的是7年前。我问他那个“女友”近况如何？他勉为其难地说，不知所踪。我有些歉疚要人家回忆如此尴尬的过往，人家只不过随口说了一句：“天寒地冻的就会想吃一碗京都的乌冬暖暖身子。”年轻人也有年轻人的烦恼。

话虽如此，而生活就是这样充满了感伤，不尽如人意。我赶紧补一句：“你说的乌冬店在哪儿？”

到底是做编辑的，他毫不避讳地把记忆翻了个底朝天。嗯，应该是……这位东大硕士毕业的年轻人动了半天脑子，结果回答我说：“嗯，好像是在一个大寺庙的附近。”

我脑海里一个闪念，脱口而出：“是不是‘日出乌冬店’？在南禅寺附近的那个？”

“对啊，没错，就是那个。他家的乌冬实在太好吃了，我连着去吃了两顿。”

“日出乌冬店”也是我最喜欢的一家乌冬店。汤料很鲜，色相也不错，面又软。它原本是一家当地的小店铺，因游客喜爱，现在门口总是排着长队，也算是美中有点不足吧。

寒冷的冬季，正是吃京都乌冬的最佳时机。我甚至认为瑟瑟发抖的寒冬就是为叫人享受乌冬的美味而存在的。尤其令我神往的就是用稠稠的葛汁浇在热乌冬上的做法。面里放了许多姜，吃一口身上立刻就暖和起来。它不仅带给我们热量，营养也很丰富，有点伤风感冒，一吃就痊愈了。事实上，我有很多京都的朋友，都曾说过：“我们都是吃热汤乌冬来抵御严寒的。”京都的乌冬既好吃又不伤肠胃，是驱寒保暖的一味滋补食品。人们都喜欢市面上那种嚼劲十足的赞岐乌冬，它就好比一个缠了头巾急速奔跑的男子汉；而京都的乌冬面软，便好比一个穿着棉布衣衫紧紧跟随的小女子。

想到这里，我立刻就有了想吃京都热汤乌冬的冲动。去吧，一起去吧。我一个劲地怂恿K田君，于是他不紧不慢、满怀自信地提议道：“要不这样吧。我出个主意，准保让你吃到最美味的热汤乌冬。”

我蠢蠢欲动起来。

“其实，我们那次是坐近铁电车到三重县的赤目四十八瀑去的。我特别喜欢车谷长吉写的《赤目四十八瀑殉情未遂》这部小说，很想跟女朋友去那一带玩玩。可大冬天游瀑布，真是把我们冻得个半死。回到京都吃上了热汤乌冬，就感觉像到了天堂一样。”

我猜不出他到底想说什么，便一味盯着他看，他也瞪着一双大眼睛笑眯眯地瞧着我。我实在搞不懂东大硕士毕业的人脑子都怎么长的。算了，不深究了。《赤目四十八瀑殉情未遂》也是我很喜欢的一部小说，我从未去过这部小说中描写的实地。万事俱备，说走就走。我现在似乎能猜到K田君的女友后来为何“不知所踪”了。

大寒那天早上，我们坐新干线前往京都，车过米原时，车窗外飘起雪花。K田君、摄影师F野小姐还有我，一行3人都低着头默不作声。虽然知道前方有热腾腾的乌冬面在等着我们，却也知道还有寒风刺骨的赤目四十八瀑在等着我们。我们几个商量后决定先暖和身子再去挨寒受冻，下了车直接去日出乌冬店。

我们刚到店门口，就闻到了一股咖喱的香味。这家店最出名的就是咖喱乌冬，用九条葱、油豆腐和大量的牛肉制作而成。当然，店里还有其他种类的乌冬。

京都的乌冬有一些特殊的叫法，比较难懂。比如说油渣乌冬，在关东是指在乌冬面里放油渣的做法，而在京都这种做法的乌冬就被称为“放了油渣的清汤面”。也就是说，京都人口中的“油渣乌冬”是指在热汤乌冬里放油豆腐的做法。而放油渣的乌冬则被称为“新式乌冬”。另外，放豆腐皮、香菇和鸭儿芹的桌袱乌冬在京都也很普遍，只是一旦改放热浇头，它的名字就成了“能平乌冬”。可见，京都乌冬面主要以热汤乌冬为主。

日出乌冬店的热汤乌冬大致是以下几种：

热汤乌冬（葛汁热汤）750日元

京风油渣乌冬（甜油渣、葛汁热汤）800日元

细丝油豆腐油渣乌冬（油豆腐、葛汁热汤） 800日元

鸡蛋乌冬（鸡蛋、葛汁热汤）850日元

能平乌冬（豆腐皮、香菇、鸭儿芹、葛汁热汤）900日元

用葛汁做的热汤乌冬，汤色上有一层半透明的黏汁，口感十分柔滑。葛本是奈良山中吉野地区的特产，京都人经常用它来做料理，葛汁热汤乌冬便是其中的一种。葛的黏稠封住了汤中的热气，直到把面吃光，面汤都不会凉掉。食后人身上的暖意是其他乌冬面所没有的。

“热汤乌冬可以治感冒呢。”京都人几乎都有这样的意识。

我一边嗅着汤汁中的生姜香，一边用筷子夹了一块厚厚的油豆腐，我点的是油渣乌冬。坐在对面的K田君吹着碗里的热气，脸上露出开心的笑容：“好怀念啊。就是这个，我之前和女朋友吃的就是鸡蛋热汤乌冬。”

鸡蛋热汤乌冬也特别好吃。尤其是日出乌冬店做鸡蛋热汤乌冬，所用的鸡蛋里面加了小苏打，增加了蓬松度，浇上浇头后鸡蛋的口感就有如仙女的飘飘羽衣。黏稠的浇头和鸡蛋拌在一起，裹住软软的面条。F野小姐坐在深陷记忆之海的青年身边，正啜着有那么一点点辣味的咖喱乌冬。

京都的乌冬貌似口味清淡，其实汤汁特别鲜美。日出乌冬店一般用利尻昆布、青花鱼干、润目鳁和宗太鲣鱼一起来萃取汤汁，特别好吃。而且这些汤汁只用来吊鲜味，一般一天要做五六次。

“汤汁放久了，味道和香气就会发生变化。到傍晚如果汤汁用完了，我们就关门。”对第3代店主大隅大二郎来说，日出乌冬店的汤汁传承于两代之前的婶母和第2代店主的母亲。

“我在昭和六十二年刚刚接管店铺的时候，还很担心。‘光这么做就行了吗？’后来发现还就是这个味道。我们全家一直以来吃的都是这个味道，舌头已经深深打上了烙印。”

另外，日出乌冬店的乌冬之所以好吃，还因为他们做面用的是当地白川的水，这是远近闻名的优质水。

吃完乌冬，我们脸上、背上全都热烘烘的。热浇头包裹着软面条，妥帖地熨平了我们的五脏六腑，感觉就像怀里抱了块热石头一样。我不禁双手合十，连连道谢，乌冬已经和我身心合一了。

“这下全身都暖和了吧？下面我们得赶紧出发了，去京都站坐12点43分发车的近铁电车，继续向赤目口前进。”K田君频频看着手表，把行程安排得妥妥的。（他可是第二次来啊。）

大家的身体剧烈地打着寒战，积雪封冻的山路崎岖难走只是其中的一个原因。我的脸一下子变得煞白，眼前的赤目四十八瀑，飞流直下的水帘已经冻成了一块一块的冰板。

行者瀑、兆子瀑、灵蛇瀑……我们走过从前修行者走过的杂树林，在寂静无人的小道上，一步一滑地前行着。呵气成烟，四周一片空寂，一个人影都没有。这也是意料之中的，除了想殉情的人以外，还有谁会在雪天游览瀑布群呢？我们摒除杂念，继续向河畔进发。路的两侧逐渐出现了一个一个的瀑布。飞溅的流水此时结成一个个冰凌，我们看着熠熠闪光的河岸，只见岩石上散落着无数树叶，都被冰封成了一个个“琥珀”。严寒中的赤目美得让我们几乎忘记了寒冷。

我们走到赤目五瀑之一的布曳瀑。它高约10丈，水量丰富，华丽丽地一泻而下，落入底下祖母绿色的深潭。这时——

“啊，这就是小说里的那个瀑布，”我转过身去，只见

K田君不知何时已经翻开了书本，“主人公打算在这个瀑布前殉情。”

他说得没错。我绕到正面重新审视了一下布曳瀑，瀑布既美丽又壮观，顺着旁边的小路转一圈，就能看见深潭四周怪石嶙峋。小说里有这样的描写：“要跳下去的话，这里最合适。从这里往布曳瀑的潭底跳，途中必定会撞上岩石，把脑袋砸烂。这里水流湍急，顺着岩石奔流而下。”（《赤目四十八瀑殉情未遂》）

于是主人公和“阿彩”各自凝视着潭水，描写仍在继续：“如果她叫我失望了，那我说什么也得拉着眼前这个女人一起去死。我一心求死，全身的血液都变成了冷血在流淌，在燃烧。”K田君说，他7年前就在这里眉飞色舞地给女友讲了这个故事。尽管车谷长吉对K田君充满了魅力，可看到他在寒风中翻书的样子，我还是判断得出他这个人到底是可爱抑或不解风情的。

下面我们又去了追藤瀑和阴阳瀑，等我们走到积雪覆盖的百帖岩，正好是1个小时。因为上下台阶都很陡，我们一个个走得气喘吁吁的，加上时间已接近下午4点，气温急剧下降。之前被乌冬面温暖过的身心，此刻都已凉透。瀑布入口处的管理员再三叮嘱过我们“下午4点之前必须返回”，所以我们现在得往回走了。想想还是蛮遗憾的，我们既没有走完这单程120分钟的游览路线，也没有看全20个瀑布，更没有听完K田君的所有解说。

冬天里结着冰的瀑布和覆盖在河面上的薄冰，在树影间阳光的照耀下，晶莹闪亮，那景色美极了。倘若我没有来赤目，一定没机会看到这么美的景色。话虽如此，天还是冷。对于在冰雪中穿行的人来说，最要命的就是背脊突然瑟瑟发抖，牙齿直打架。等到坐上开往京都的近铁电车，我们 3 个人还都僵着一张脸，浑身不住地打战。

一到京都我们立刻向乌冬店飞奔而去。去祇园，就可以找到“权兵卫”或者“OKARU”。于是我们争先恐后地往祇园跑，可惜不巧，权兵卫那天店休。我们只好掀开了“OKARU”家的门帘。K 田君点了能平乌冬，F 野小姐点了芝士咖喱乌冬，我则要了鸡蛋乌冬。喝完最后一滴面汤，我们几个才感觉重新活了过来。

F 野小姐：“暖和得叫人眼泪都要掉下来了，从食道一直舒服到全身。”

K 田君：“热汤面吃得慢，产生的热量跟其他东西都不一样。”

他们说得一点没错。刚才我们背上还有西北风肆虐，此刻却像烧着一团炭，热烘烘的。乌冬面真是冬天里的一剂良药啊。从前京都的乌冬店都会备一些感冒药，药名就叫“乌冬店风一夜药”。京都人过去有一个习惯，就是吃完一碗热热的乌冬面后，再在店里吃一粒感冒药。

缓过气的 K 田君说他想去一个地方，就是祇园附近最有名的斩缘神社“安井金比罗宫”。我看着他虔诚的背影，更坚信，他此番是将留恋和执念都交予瀑布一同摒弃了的。

第二天早上，京都晴空万里，昨天的荒野行径就像做过的一场梦。不过，我们今天还要去吃乌冬。京都有许多独此一家的乌冬店。在赞岐乌冬和大阪乌冬大行其道的当下，人们动辄就将软乎乎的京都乌冬打入弱势，其实这完全是误解。京都人对味道十分讲究，凭这点就值得品尝一番。

在京都府厅附近有一家名叫“YAMABIKO”的乌冬店，一到中午就被当地的吃货挤得水泄不通，大家都是冲着牛筋咖喱乌冬来的。店家在乌冬面里放了很多煮得烂烂的牛筋，咖喱的辣味又十分刺激，在被称作咖喱乌冬圣地的京都它也是数一数二的。我七八年前来吃过一次，从此一发不可收拾。每回来京都，已经算不清到底有多少次了，我都会专门抽出时间来这里吃上一顿。今天我想把它分享给我的同伴。

拉开店门，还没有到中午呢，店里已然座无虚席。满屋子的咖喱香引得人食欲大振。客人里有一半以上都在吃牛筋咖喱乌冬，此外店里还供应许多适合老百姓口味的食物，也吸引了不少客人。其实每一份咖喱乌冬都很有深意。

炸大虾咖喱乌冬　980 日元

牛筋咖喱乌冬　880 日元

猪肉咖喱乌冬　850 日元

油豆腐咖喱乌冬　700 日元

辣味牛筋咖喱乌冬（附赠温泉蛋）900 日元

他们的套餐也很有创意。“迷你·迷你饭套餐”定价 930 日元，包括一碗牛筋咖喱米饭和一个蛋花乌冬面。“YAMABIKO 套餐”定价 950 日元，是乌冬面和手卷寿司、手捏寿司的组合，这种不厌其烦的服务精神令人感动。

第 3 代店主山本裕司传承了店里的所有口味，他今年 46 岁，从父亲那里接管店铺已经有 13 个年头了。我听他讲起饭店的经营，越听越能领会这里的乌冬为何会这么美味了。他们每周购进 150 千克上好的牛筋，每天将牛筋仔细汆水 3 遍后再炖。咖喱粉都是花两个小时精心炒制的，再加入他们独创的调料，混合而成。汤汁以昆布、沙丁鱼、青花鱼干和鲣鱼片花调配。

“其实都是一些很平常的东西，只是我做得很认真，不偷懒。人一偷懒，做出的味道就要打折扣。”

他们 12 年前才开始尝试做牛筋咖喱乌冬。他们把试验品拿给客人品尝，没想到第二天就有客人专门点名要吃“昨天那个乌冬”。于是订单不断出现，得到了大家的好评，成了今天店里的主打菜。有很多男性客人来了以后就点一碗米饭，然后将牛筋咖喱乌冬当菜吃。

“把乌冬跟饭一起吃，是京都的一个习惯。”这习惯以前就有。

“我父亲一度想把我们的乌冬做成赞岐乌冬那样有嚼劲的。可是仅 3 天，客人就减少到了平时的 1/3。京都人还

一到中午，
YAMABIKO，
就人满为患。
大家都冲着，
牛筋咖喱乌冬来。
煮得软软的牛筋，
加上寿司，
唔……
好吃！
辣得刚刚好。

是喜欢吃软的乌冬。”

饭店经营离不开当地客人的支持，乌冬的味道也包含本地的风土，是当地特有的味道。

刚才坐在我们旁边的是3个白领职员，现在换成了一个驼背的小个子奶奶，她带着一个60多岁的妇人，也许是她的女儿吧。她们看了一下菜单，老奶奶点了一份热汤乌冬，女儿则要了牛筋咖喱乌冬。两人面对面坐着，一边吹着乌冬上的热气，一边挑起一筷子放进嘴里，时不时还抬起头闲聊两句。

“这家店历史蛮久了，我过去经常来。”

“嗯，又能来这里吃面，真好。他们的服务也不错。”

“没错，好怀念啊。味道真好。”

“奶奶，你慢慢吃，慢一点。”

这些话语温暖了我的耳畔。乌冬店的优点就在这一份日常的亲近感，让人仿佛置身家庭般舒适，与荞麦面店又有别样的风景。

仔细想来，乌冬店好像是大家的最后一道防线，不只因为它随意。选荞麦面还不如去吃乌冬，选盖浇饭的话还不如去吃乌冬，选套餐还不如去吃乌冬。这些生活中经常会碰到的画面，是因为乌冬有一种放心感。我每每灰心丧气，或者身体不适，就会想要吃一碗乌冬。当我如同一只败犬似的夹着尾巴落荒而逃，乌冬便是我最好的庇护所。小时候每逢生病母亲便会亲自煮一碗软乎乎的蛋花乌冬给我，或许那味道我至今铭刻在心吧。牙齿痛、头痛都可以吃乌冬，是乌冬帮我们卸下身心的重负。

京都的街头还保留着一些珍贵的乌冬店，其中最有名的该算位于下鸭贵船町的“TESHIMA”了。

店铺好像是电影里的布景一样，坐落在小巷子的拐角，白色的门帘上墨色鲜明地写着“乌冬”二字，粗粗的笔画荡漾成一道水波。门前的白色招牌上印着“食事TESHIMA”，仿佛迎面就会遇到昭和时代脚踩木屐吃饱了肚子的大叔开门出来。一个手拿着钱包的大婶突然到门口来穿鞋子，这种怀旧的风景叫我们人未动心已动。

拉开店门走进去，只见一个身穿白色厨师服的大叔和大婶一齐向我们转过头来：“欢迎光临。”这就是冬天里的一处向阳地。

菜单上打头的是汤面定价 450 日元，热浇头汤面 500 日元，桌袱乌冬 550 日元，油渣乌冬 550 日元，猪肉乌冬 600 日元，衣笠乌冬 600 日元，能平乌冬 600 日元，鸡蛋乌冬 600 日元，咖喱乌冬 600 日元，其他还有很多种类。比方说他人乌冬、什锦乌冬、铁锅乌冬、杂烩乌冬。盖浇饭的品种有木叶盖浇饭、天妇罗鸡蛋盖浇饭、寿喜烧盖浇饭等等。我们看得眼花缭乱，开心得像个孩子。此外店里还供应炒饭和咖喱饭。这些都是街头小乌冬店的特色。

我们 3 个人分别要了热浇头汤面、桌袱乌冬和铁锅乌冬。汤汁是由鱼片花和昆布萃取的，非常鲜，稍稍有点甜。

“生姜的味道真香啊。”F野小姐专心致志地吃着她的热浇头汤面。K田君可能因为游览完瀑布并参拜了斩缘神社，消灾祛病了吧，一身轻松地开着玩笑：“啊，好治愈。”

大家谈论着：这么好吃的乌冬真是每天都会想吃，倘若自己身边有这样的店一定会每天去报到。同时跟店里的大叔大婶聊天，就在大家相谈甚欢时，大叔突然想起了什么，说：“对了，你们认识一个叫山本的人吗？听说他被出版社录用了，去年春天搬到东京去了。以前他就住在我们店附近，4年里每天都到我们店里来吃面。”

没想到乌冬还会给我们带来奇遇。大叔说的这位山本就是B出版社周刊B编辑部图片部的山本啊，他是K田君和F野小姐的后辈。这样的奇遇把我们每个人都卷了进去。我暗自相信，冥冥之中注定的这份缘，定是来自耽溺于《赤目四十八瀑殉情未遂》，并因此二访瀑布的K田君（除了他不会有别人吧）的灵魂深处。

这时大婶插了一句：“他一天不来，我就担心他那天有没有好好吃饭呢。”

山本生病时，店里也每天给他把热浇头乌冬送到家里去。他动身去东京那天，到店里来吃了一碗乌冬算是跟大家告别，大婶说目送他远去，自己眼里都有了泪水。他一定在东京努力工作吧，大婶就像挂念自己孩子似的，神情充满眷恋。对山本来说，TESHIMA的大叔大婶就是因乌冬而与自己结缘的，身在京都的父母啊。

我们怀揣着这一份温暖的记忆，从下鸭前往京都站，在新干线口下了车走进车站，走着走着便看见通往近铁电车的通道标识，倘若这么乘上近铁电车的话，我们就能回到昨天去过的赤目口。如今身心俱暖，真想再去走一走那冰雪覆盖的山路，看看那赤目四十八瀑啊。

乘坐北RIAS线品尝三陆美味

拿在手中沉甸甸的，叫人欢喜。我掀开包在盒子外边的淡蓝色纸条，打开盖子，只见盒子里装着——

这是行驶在岩手县三陆沿岸的三陆铁道北 RIAS 线，久慈车站供应的特产“海胆便当”。久慈车站是北 RIAS 线的起点。大地震后仅 5 天，北 RIAS 线就凭借顽强的毅力和信念恢复了通车，在日本赢得了大众的一致赞誉。久慈站的海胆便当一直被人们称作“具有魔幻色彩的车站便当”。因为它每年只在能捕捞到海胆的 4 月和 10 月之间出售，一天限量 10 份。它从未在全国车站便当大会上出现过，只有车站便当的粉丝们才将它奉作神话。不过，大地震之后我们听到了很多传言：“由于地震的影响，海胆便当将不复存在。”

事实上，久慈车站的海胆便当全都出自久慈站内“三陆RIAS亭”的一对老夫妻之手。而且目前北RIAS线还有部分铁轨被海啸卷走，1/3的路段都还没有恢复通车。魔幻的便当将不再现身了吗？北RIAS线又是否健在呢？种种不安缠绕在我的心头，让我久久不能平静，于是决心在10月底亲自往三陆走一趟。

北RIAS线的久慈站紧靠着JR的久慈车站。我们拾级而上走进了三陆铁道的小站台，三陆RIAS亭的招牌立刻就出现在了我们眼前。

“您好。请给我们3份海胆便当吧。”

只见柜台里面一位头戴三角巾的大婶停下了正在捏饭团的手，将头转了过来对我们说：“好的，这就来。”她那胖乎乎的笑脸，一下子缓解了我们的紧张。

“今天我已经差不多推掉了10位客人。”幸亏我们有预约。人一放松，肚子就觉得饿了。捧着便当的两只手实实在在地感到了它的分量。

打开盒子，多少年来的梦想这一刻全部实现了。

我不由得发出了一声感叹。哇，好多橘红色的海胆啊，实在是太漂亮了。只见四四方方的盒子里，整整齐齐地摆满了海胆，就像一朵排列有序的祥云。难怪人们叫它“云丹”，就在这一层海胆的云朵之下，盖着用海胆汁煮熟的米饭地毯。我的脑海里立刻闪现出这样一句话：“凡是美丽的都是好吃的。”

我拿起一次性筷子，把它插入饭盒中，顿时惊呆了。好轻，好松。我将“云朵”和“地毯”一起挑起来，地毯里竟蓄满了蓬松的空气。

你看，一般我们说起车站里卖的便当，就是把米饭胡乱装满的那种印象。我们举筷去夹，米饭像石块似的。那样的便当怎么会好吃？要做出好吃的车站便当，装米饭也有讲究。

这时店里又拥进不少男女，大家上气不接下气地跑来，问：“要4份海胆便当，有吗？”

大婶很抱歉地答道：“真不好意思，刚刚卖完。”

“啊。”车站里响起男女们沮丧的叹息声。我此刻正准备把最后一口饭塞进嘴里呢。不知道是心中觉得抱歉还是有点小得意，原本没必要藏着掖着，现在却有点鬼鬼祟祟的样子。

“能让我看一眼吗？”身后传来一个大叔的声音。

我太理解他此刻的心情了。于是4个男女一起盯着我手里的筷子，看了大约15秒：“貌似很好吃啊。”他们羡慕地留下了一句话。

我回过神来，重新站在车站的角落里静静地吃着海胆便当。夹一口放在嘴里，嘴里立刻充满了海胆的绝妙滋味。散落的饭粒上也沾着海胆的味道，实在是太高级了。我将搭配的柠檬挤了几滴在米饭上，立刻又增添了一份清爽。美食在民间啊。不管从哪方面讲，这份海胆便当都有着最完美的技艺。

事实上，工藤国惠大婶四五年前还在北RIAS列车上向大家推销海胆便当呢。她原本是普代村一个旅馆家的女儿，25年前在经营旅馆的同时开始制作海胆便当，并上车销售。当时她每天大约要做80到100份，后来随着乘车人的减少，再加上年纪渐长，体力跟不上，才变成现在一天最多只做20份这样的情况。即使如此，她对自己便当的味道仍很自豪。当初她出于“眺望着车窗外的大海吃着可口便当”的考虑，开始制作海胆便当，如今便当的口味仍与当初无异。

专做海胆便当，一做就是25年，这便是他们夫妻二人齐心合力的结果。他们将烤海胆、熬海胆时流出的海胆汁放进米饭里煮，而对汤汁的分量以及调香味用的酱油分量，则全部靠自己的目测。他们尽量发挥海胆自身的咸味，只在需要时才根据判断加点盐。当然他们对盖在米饭上的海胆，也完全是按照当天使用的海胆大小、厚薄来决定蒸煮的火候的。至于米饭怎么装、装多少，我们一眼就能看出其中包含的技术含量了。

一般大婶的老伴负责装盒。他先把煮熟的米饭摊开在饭桌上，用电扇吹凉，然后拿筷子，一筷子一筷子地往盒子里装。因为煮米饭时加了盐所以必须让米饭蓬松地装进饭盒里，才不至于太沉。而且只有将米饭全部平平地装进盒子里，铺上海胆的时候才会好看，赏心悦目。

国惠大婶自豪地说：“我家老伴装的盒饭，无人能比。”

当我们把那细腻的米饭放进嘴里，就会明白大婶所说并非夸张。即使用同样的材料，恐怕没有这两位相得益彰的配合也做不出这么好吃的便当来。

只是3月11日以后情况发生了变化。做海胆便当用的海胆汁生产工厂全被海啸席卷一空，不仅如此，当地海域里养殖的海胆也全部被海啸破坏殆尽。打捞出来的海胆已经完全没有了从前的味道，它们都被污水和石油所污染，发出阵阵恶臭。而从北海道和青森一带找来的替代品，用在海胆便当上又不是原来的风味。不过，国惠大婶说，他们之所以还能在这里为大家制作海胆便当，完全是由于全国各地人们对他们的大力支持和鼓励。

3月11日那天，我们觉得一切都完了。虽然自己家的房子建在山上，没有被海啸卷走，不过铁路被冲，生意也做不成了。地震当天我们还在做生意，只听见房子格格作响，5分钟后就接到了海啸警报，我们关了店门，逃了出去。

第二天回来一看，地震前坐在电车里的客人也回来了。他70来岁，样子就像个鬼。他说铁路被冲走了以后，电车停在了山边，他只好沿着铁路线走回来。正好我们前一天煮了一大锅饭，就拿米饭捏了些饭团给他吃。附近很多地方都停电了，可不知为什么我们这里没有停。好多人都吃不上饭，于是我们就做了好多饭团分给大家。

我自己也在考虑：“以后怎么办？铁路被毁我们生意也做不成了。”只是想办法之前我们已经开始行动了。每天都有受灾的人哭着找过来。“早上在您这拿了一个饭团，不过两个人才拿了一个，现在肚子又饿了。”听到他们这么说，我只好尽量帮助他们。那时我们一天要煮两升米饭，过了四五天，我们觉得这样下去不行，便渐渐地向大家收一些费用。因为我们也得去买米。

说实话我到现在还有打退堂鼓的想法。4 月 10 日我们重新开始做海胆便当，也是出于客人的强烈要求。地震后通讯恢复了，很多人打电话到店里来，说：“您安然无恙真是太好了。”我说我想关掉店铺，他们就说：“那可怎么行啊？那我就没地方去了啊。”“我过段时间就去您那儿，您一定要加油啊。”他们都是之前买过我们便当的老顾客。还有人寄信来，茶色的信封里厚厚的一沓，信封上也没写寄信人。开始我们还很奇怪，打开一看，说是在电视上看到我们一切安好，便想写封信，信里还夹了慰问金。客人们这么热情，我们实在不好再说关门。我流着眼泪跟老伴说：“说什么也把今年做完，尽我们最大的努力。”

海胆便当与乘坐北 RIAS 线的旅客们一同度过了 1/4 个世纪。其中很长一段时间国惠大婶都将店铺交给老伴，自己上车推销，在车上与旅客面对面地交流：“要便当

みんなの願い 全線復旧
三陸鉄道 久慈駅
4月10号左右——
海胆便当其实应该是4月1号开始卖，
うに弁当
但3月经历了海啸。
牛丼 五二〇円
にしんそば うどん 四八〇円
现在海胆从北海道和青森，
这些不太远的地方运来。
リアス亭
有海胆便当吗？
有！

以前有预约的话，我一天做25～30份。
今年开始最多做20份，有时甚至只做10份。
三陸鉄道の旅
因为海胆不好抓啊。
啊——
哇！
好吃！
唔
唔
米饭松软可口。

吗？”电车只有一节车厢，她边叫边走，30 秒就走到了尽头。而上班、上学、买东西、去医院和观光的旅客都坐在同一节车厢里，性格豪爽的国惠大婶就成了他们交谈的对象。有些孩子长大后，还会特意向她汇报自己考上大学的消息。如今她已年过七旬，早已不上车卖便当了，可有些老客人仍会专门到店里来送一些自己种的蔬菜，或者聊聊孙辈和自己的烦心事。

海胆便当绝不只充满了魔幻的色彩，它里面装的都是三陆地区的人情，叫人尝过就无法忘怀。

感谢您的款待，请多多保重。我下次再来吃您做的便当。向国惠大婶道过谢后，我们依依不舍地走到了久慈站的月台上。时间刚好是下午 3 点，仅有一节车厢的白底蓝条列车发车了。车身上“复兴支援列车”几个大字格外耀眼。

昭和五十九年，三陆铁道作为第三类法人实现了当地居民的心愿，开始通车了。由于此地沿海地形复杂，交通十分不便，所以从久慈到宫古之间 72 千米的距离，仅用 1 个半小时就能到达的铁路建成后，给当地居民生活带来了极大的方便。然而，大地震以后，铁路被分成南北两段，北边的部分只有从久慈到陆中野田之间的 3 个车站恢复了通车。

我们 15 点 17 分在陆中野田站下车，看见向下一站野田玉川方向去的铁路上挂着一条红色横幅，无法前行的电

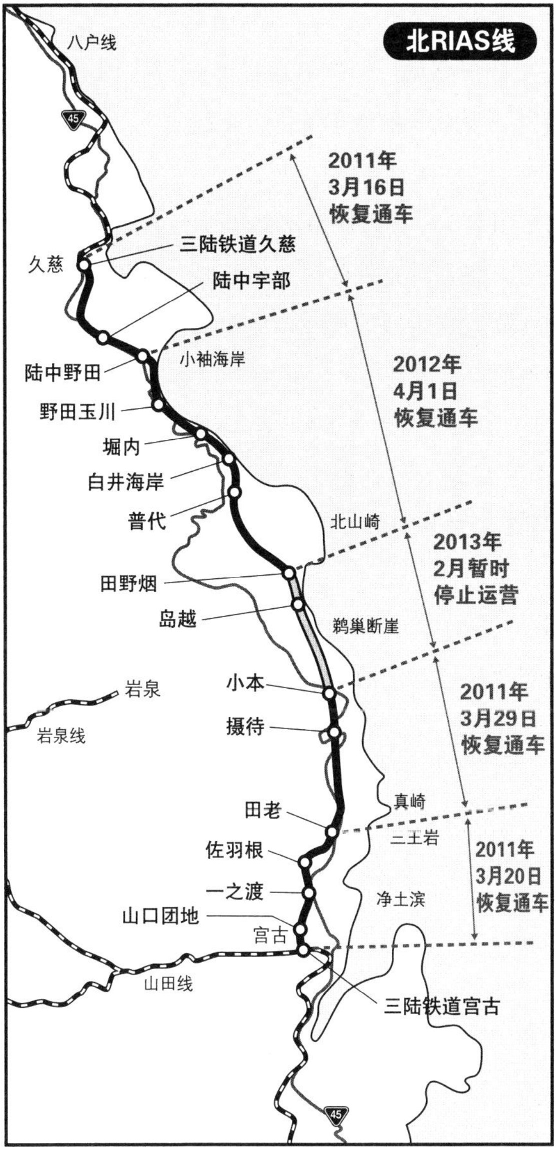
北RIAS线
八户线
2011年
3月16日
恢复通车
三陆铁道久慈
久慈
陆中宇部
2012年
4月1日
恢复通车
小袖海岸
陆中野田
野田玉川
堀内
白井海岸
普代
北山崎
2013年
2月暂时
停止运营
田野畑
岛越
鹈巢断崖
小本
岩泉
岩泉线
摄待
2011年
3月29日
恢复通车
真崎
田老
三王岩
2011年
3月20日
恢复通车
佐羽根
一之渡
净土滨
山口团地
宫古
山田线
三陆铁道宫古
45

车忍气吞声地停在铁轨上。不过对这行驶了3站的列车，我们还是心怀感激，怀揣着这样的心情我们上了出租车，继续沿着还没有恢复通车的7个车站南下，一直坐到了小本站。

17点15分，我们在小本站上车向宫古进发，车窗外暮色迟迟。想看看窗外的风景，却是一片漆黑。这一带正是陆中海岸国立公园的所在，电车一刻不停地行驶在三陆地区纯美的自然风光里，一路向南。电车里有一块公告板，仿佛是为了给自己打气，贴满了从全国各地寄来的留言："三铁的复兴是大家的心愿。""内陆线也在努力，支持你们。""愿美景能再见。""我们感受到了灾害复兴支援列车，三铁的力量。"

由于三陆铁道的南RIAS线至今尚未恢复通车，所以被分节成两端行驶的北RIAS线就承载了人们双倍的希望。

"宫古站到了，列车将停靠终点站，宫古站。"车厢内响起了广播声，我们于17点57分到达宫古站。

我站在车站的交通岛上，脑海中立刻浮现那个画面。我至今都无法忘记自己在电视新闻上看到海啸席卷宫古市时的震撼。海浪越过高高的堤坝，黑色的海水怪兽似的冲入街道。被海水淹没的市役所信号灯前，卡车、巴士、汽车都漂在水面上。要接受这样的意外本就不易，更别说把它放在一个普普通通的日子里叫人一下子全盘接纳。

三陆海岸在明治二十九年、昭和八年和昭和三十五年曾3次遭受过海啸袭击，灾情相当严重。作家吉村昭这样记录昭和8年的那场海啸。

海水越朝岸边涌海浪越高，淹没了整个村落。停泊在岸边的渔船被海浪卷起来，朝着房屋直冲过去。屋顶被掀上了夜空，房子一个接一个地倒塌。

不一会儿海水迅速地倒流回去，海面上却又升起了第二股波浪，昂头冲了过来。于是第一股退去的海浪和第二股海浪在海上激烈地撞击起来。

有逃到高处目睹了这个情景的人说，由于两股波浪相互撞击，飞溅出的海水在海边高高窜起，仿佛刮起了一股巨大的龙卷风。(《三陆海岸大海啸》文春文库)

宫古观光协会的山口总一也是目睹了海啸威力的一个见证人。

完全没想到浪会打到车站这里来。那时我正好走到交通岛上，想看看出了什么事，只见大家都往这里跑，刚想问，浪就冲过来了。对面很多汽车都叠在一起浮在水面上。情况十分紧急，于是我们大家都跑了。

汽车大批地向我们漂过来，我还以为自己眼睛出毛病了。就在前面几百米的地方船也漂了过来。第二天我们去市役所，看见汽车全叠在一起，电线杆倒了。来不及逃走的人的尸首上都盖着被子。我家房子建在高处，没受什么损失。可我父母家就在海边上，全部被冲得没有了踪影。

地震后的一两个月，真的很绝望。说实话我觉得不可能再有人来我们这观光了。沿着海湾有一座净土滨招待所是去年4月刚建好的，被海水淹到了天花板，至今还没有修复，街面上的宾馆也大都受了灾。不过，我们在鱼菜市烧饭赈灾，又拼命组织乡土艺人表演复兴大鼓，如今才稍微有了一些复兴的气氛。

宫古是全国有名的海鲜产地，能捕到鱼就有希望，很多游客都想来我们这里吃海鲜。宫古今年没有解除捕捞海胆的禁令，11月可以捕捞鲍鱼。深秋以后，三文鱼、秋刀鱼、鲍鱼、鲑鱼子、毛蟹、扇贝都将上市。尤其是宫古产的毛蟹，个头不大，但是肉质紧致，蟹黄味道特别鲜美。像重茂产的烤海胆，也绝对是下酒的好小菜。

往年我们都会举办三文鱼、鲍鱼和毛蟹的庆祝集会。现在因为大家还不清楚我们这里的现状，不敢过来观光。不过，现在渔业协会统一购买渔船，出租给渔民，几个渔民可以共用一艘渔船，并将捕到的海产平均分配，大家都很努力。市内的街道已经恢复了通车，就是宾馆的数量比往年要少一些。我们经常收到客人的垂询，问："现在可以去观光了吗？"对我们当地的居民来说当然很愿意："请大家来。请大家来看看，住两天，再多买一些东西。"这样宫古才能恢复生产，我们非常希望大家都上宫古来旅游。

深秋季节的曼波鱼刺身、秋刀鱼刺身以及土附鱼酱，这些都是宫古才有的美味。曼波鱼的口感爽脆，秋刀鱼厚厚的都是鱼油。土附鱼是一种深海鱼，清淡的口味与鱼肝的醇厚混合在一起吃格外鲜美。还有被当地人叫做ZOUKA的圆孔状的海藻，也是当地的特产。土附鱼的鱼肝烧唯有当地一家名叫"鱼元"的料理店才会做。他们在鱼腹中塞进味噌后串在竹签上，将鱼头朝上放在火上烤，直到味噌的味道完全渗入鱼肉之中，别有一种风味。搭配上清酒的话，就更叫人停不下来了。随着天气逐渐变冷，人们期盼的鳕鱼就要上市了。

深陷于往日的记忆之中只能一事无成，大家得想办法恢复生产。当地的渔民们都想到一块儿去了，于是大家在受灾最重的田老真崎渔港附近的海里沉入了数千块养殖裙带菜和昆布的砖块。宫古的牡蛎养殖在地震中全部被毁，不过还是有不少人打算利用所有者负责制的机会再搏一下。渔民们都深深爱着自己的故乡，宫古的大海。

第二天上午7点30分，我们去了宫古著名的鱼菜市场，发现市场里到处洋溢着重振家乡的干劲。市场的大屋顶下满是新鲜的山珍海味：新鲜的秋刀鱼、红鲑鱼、秋鲑鱼、扇贝、海鳗、旗鱼、土附鱼随处可见。清早刚刚采下的新鲜蔬菜、核桃、栗子、口蘑、菌菇种类丰富，叫我们目不暇接。我们禁不住这么多美食的诱惑，走进了市场内设的“满腹食堂”，点了一碗装着金枪鱼、扇贝和鲑鱼子的三色盖浇饭，定价是1300日元。当我想到是宫古的人们长期守护着这些新鲜的美食，便感觉每一粒弹性十足的鲑鱼子都饱含着谢意。

宫古有许多特有的美食，比如“鱿鱼煎饼”。它的形状就像一只晒干的鱿鱼，一片一片烤得香香的。其中以有130年历史的“SUGATA”家的鱿鱼煎饼最为出名。他们将晒干的鱿鱼磨成粉，再混入煮鱿鱼的汤汁，跟面粉一起揉成生胚，然后一片一片手工烤制出来。煎饼里浓缩进了鱿鱼的精华，吃后口中留香。然而就在他们建成了一所新厂房，正准备大干一场的时候，遭遇了大地震，总店至今还无法开张。不过他们并不气馁，打开厂房做生意。听到这个消息，我们也备受鼓舞。

在去工厂买鱿鱼煎饼的路上，我们去了一下宫古市役所。市役所一楼受灾最重，至今一楼的墙壁还贴着应急用的木板，触目惊心。那张捕捉到最恐怖瞬间的照片，也就是海水冲破堤坝，黑色的潮水一齐涌向街道的那张照片，就是从市役所5楼拍摄的。我站在那个角度，眺望着眼前的大海。那个冲倒了车船房屋，毁坏了整个城市，剥夺了居民生命的大海此刻却像什么都没有发生过似的，水平如镜湛蓝如洗。

大自然发挥了人类无法想象的威力，蛮不讲理地扫荡了一切。在净土滨的游览船上，我再次认识到了这个事实。净土滨是陆中海岸国立公园中最著名的风景区，乘坐游览船让游客观赏此处美景的旅游项目于今年7月16日又恢复了运营。我们所乘坐的游览船，在3月11日那天因为躲避海啸开出了港口才得以幸免。

白色的游览船沿着海岸线行驶，我们的眼前出现了一个又一个美景，真仿佛见到了极乐净土一般。蜡烛岩由白色的流纹岩、火成岩突起形成，潮吹岩能将海水喷出水雾，姐崎是壁立高耸的悬崖峭壁。这一个个的自然美景经过了海啸的洗礼，居然仍安然无恙美貌犹存，真叫人震惊。手握麦克风的游览船导游对大家说："可能是被海啸的汹涌波浪冲刷了一遍的关系吧，现在这些岩石的颜色比过去看上去更鲜艳了。"

海猫群追着我们的游览船，左右盘旋，我掰了一块圆形的海猫面包（我尝了一口，还蛮好吃的。据说为了躲避海啸而逃到海上去的游览船船长，就是靠吃这个海猫面包在船上坚持了42小时），抛向空中，海猫们就杂技演员似的灵巧地把它一口叼住。这些都与从前无异，丝毫没有变化。

我又想起了观光协会的山口说的话："沿岸的风景区，

人造的建筑在海啸中全部被毁。自然的景观却都完好无缺。堤坝毁了，可岛屿和岩石却毫发无伤。大自然真是太伟大了。”

三陆铁道的总部设在宫古。为了全面恢复通车，公司上下众志成城团结一心，他们的精神象征着宫古的复兴。由于少子化和高龄化，以及人口的外流，铁路在运营上常年存在赤字。然而在县里为此而做的“三陆铁道是否有必要存在”的民意调查中，74% 的居民回答“有必要”。宫古的一家寿司居酒屋为支持铁路建设，做出了“三陆铁道复兴支援套餐”。正是由于铁路跟当地生活紧密相连，大家的危机感才更强烈——“倘若废除三铁的话，当地的人口外流将更加严重，本地将更缺少生气。”

这种支持在全国范围里也形成了一种气候。8 月底，公司将受灾的北 RIAS 线岛越至田野畑这一段铁轨裁断，作为“复兴祈愿铁轨”出售。结果仅一天时间，铁轨就全部售罄。当时 10 厘米铁轨定价 5 万日元，5 厘米的铁轨定价 3 万日元，两种铁轨各一百条，总共收益达 800 万日元。以前曾乘坐过三陆铁道的游客们都屏声静气地默默关注着铁路的复兴。

全国各地方铁路沿线的发展已经成了人们关注的焦点，三陆铁道的领头人望月正彦社长的一番话却震撼了我的心灵，它正是引领复兴的最强音。

我们是在3月16日早上8点恢复通车的，其后，12点和16点，共运行了3个来回。听说当时从久慈上车的多是去探望朋友、亲戚的旅客，也有很多人从野田坐车去久慈买食物、衣服。野田村中心地区都遭到了海啸的破坏，许多人家的房屋和汽车都被冲走了。很多人受灾时只有一身衣裳，根本没有带钱包，所以我们不能收他们的车钱。

我们是在目睹了当时的惨状后，决定恢复通车的。持反对意见的人都不了解当时的情况。很多田老地区的居民要去买东西却没有交通工具，只能沿着铁轨走。房屋被冲走的人们手里没有粮食，衣服也就是穿在身上的那几件。还有人走1200米的雪地到宫古去。我们看到那些在铁轨上行走的人，便决定恢复通车，帮大家一把。当时是我下命令恢复通车的，可真正使列车恢复运行的是公司的员工们。

3月13日早上，海啸警报解除了，我们视察了一下铁路的情况，觉得恢复通车是可行的。而南RIAS线的路基被海水浸没，铁轨弯了桥架也断了，所以还暂时没法恢复。我们亲自考察了北线的宫古至田老一段，确信这一段可以通车。当晚我们派了10人小组去检修、修整。告诉他们："对受灾较少的路段优先检修修整，先恢复这一部分。"因为当时电脑手机都没法使用，所以联系起来非常困难，不过去年我们引进了可在灾害时优先使用的手机，派上了用场。首先我们跟在现场的员工和县里取得了联系，14日又联系了国土交通省的东北运输局。他们指示我们："先试运行一段看看。"也就是同意了我们的请求。当然也有人反对。说这种时候不能着急，石油不足的情况下，应该先供应搜索部门，不应该用在铁路上。我没有理会他们。（笑）

4 月以后，我们决定收取车钱，不过至今还只是收取通常的七八成价钱。基本上 1 站就收 1 个硬币。以前我们每天要开 13 个来回，现在只开 4 个来回，运送能力较以前减少了九成。现在我们的列车时速为 45 千米，车上的厕所还无法使用。配套的服务跟不上，车钱就不能收得太贵。既然经营上已没法改善，就为大家做些实事吧。等全线恢复以后我们就要像模像样地收费了，所以现在大家多乘乘吧。这也正好给了我们一个宣传的机会。我们争取在今年年内将被冲毁的野田玉川站修复，让列车可以从久慈站一直通到田野畑。

地震后第 5 天，我们把列车开出了车站，居民们看见行驶的列车都高兴得挥手致意。所以我们必须恢复铁路通车，我觉得从列车上发出的汽笛声最能激发大家的斗志。

我们吃过海胆便当，从久慈站坐车向陆中野田进发，路上我们看见车厢里贴着这样的留言："通往明天，通往希望。复兴的脚步声自铁轨的轰鸣中传来。"

3 月 16 日地震后的第一班列车满载着乘客缓缓地出发了。发车的指令就是车站工作人员手里握着的一面绿色小旗。列车时速25千米，人们朝徐徐前行的列车频频挥手。尽管深受自然威力的伤害，可人们仍以此为家苦心经营，生活在三陆沿岸人们的坚强意志和气魄感动着我。

2012年冬天，北RIAS线上有名的冬季列车“火炬炉列车”也恢复了运行。我还会再去三陆的，坐着暖融融的火炬炉列车，眺望着窗外无边的美景吃一个蜜橘，而且还要再吃一次海胆便当。

提前30分钟到达东京站

每次出门总要拖到最后一刻。无论是和人约会还是赶新干线、飞机，最后都只剩下“约定时间前的3分钟”。其实，我心里也捏着一把汗，万一路上摔跤，事情就全搞砸了。我很多次遭遇过如此窘境——当我从容易迟延的中央线上冲下来，飞奔到东京站的新干线月台上，而车门就在眼前无情地关上了。

虽然并不值得自夸，可我偏是这种随心所欲的性格。两年前，我开始将自己去东京站坐新干线的等车时间提前了12分钟，决心比发车时间提早15分钟到达。要改变自己常年养成的习惯对我来说无异于一件大事。

至于原因，我真是难为情得不想跟人提起。早上8点半，我正朝新干线南面的换乘口走，准备去赶东北新干线，无意间瞥了一眼自己的左侧，突然发现面前有好儿家商店人头攒动。店铺的入口处写着餐饮街几个字。没想到这些店开得这么早。我看了一下发车时间，觉得自己还有1分钟空闲，便进去瞧了一眼，结果一进去就遇到了卖三明治的“Meruhenk”。

怎么会这么巧？这家店怎么会在这？它是我最喜欢的一家店铺啊。只见橱窗里摆满了昭和时代风格的三角形三明治，从可乐饼三明治到水果三明治，大约有30多种。实在太棒了，我决定买几个带上新干线去当早饭，可到底要选哪个呢？我一时竟不知所措发起呆来。原来的一分钟空闲，变成马上要决断的60秒。

真希望老天再多匀一点时间给我挑选，我毕竟是成年人啊。在Meruhenk的遭遇让我幡然醒悟，自己从前的随心所欲有多么的浅薄。后来我从负责车站大楼开发和运营的铁道会馆做的调查数据里得知，一般乘坐新干线和成田特快的旅客平均在东京车站内停留26.72分钟。也就是说一般大家都会提前半个小时到东京站来候车。确实如此，成年人正确的行事作风就应该是这样的。此外，我还听说东京站确实值得人花半小时，不，甚至可以花半天时间在里面游逛，而且有不少好吃的。这是真的吗？

东京站大得很，客流也多，常叫人摸不着头脑。站内有普通列车9面18线，新干线5面10线，平均1天的客流量为76万人次。遇到早晚高峰时段，车站里人流汹涌如潮，向四面八方卷起旋涡。人流一直延伸到丸之内和八重洲，楼梯上和地下通道里也有，我们很难掌握它的总数。比如跟朋友约好在车站内的“银铃”见面，人家便以为说的是出了改札口走到地下去的那个地方，结果含泪找了半天也没找到。这种情况时常发生。另外又有多少人能脱口说出从丸之内往八重洲方向走的自由通路，只有北侧一边，而南侧没有，诸如此类精确的话呢？

加之，东京站旁还有一个东京站宾馆，我从过去就很喜欢。我之前约朋友在东京站附近见面时，就总叫朋友到宾馆的大厅去等我，宾馆“蔷薇”餐厅的正统风格让我安心。坐在宾馆酒吧的椅子上，望着来来往往的山手线和京滨东北线映在彩色玻璃窗上的样子，也叫我百看不厌。电车有节奏的震动和偶尔传来的几声警笛，都那么亲切。对了，酒吧的时钟，为了不耽误乘客上车总是比正常时刻拨快了5分钟。调酒师杉本自内田百闲在东京站宾馆开宴会的国铁时代起，就一直坚守在吧台后的岗位上。

内田百闲喜欢车站和铁路，他对东京车站也有着不同常人的热爱。大正三年雄伟的红砖圆顶东京车站由辰野金吾这位师承英国建筑家西亚·肯德尔的希望之星费时6年建成，可惜昭和二十年五月二十五日车站遭到大空袭，全部烧毁。不过数日后，列车便恢复了运行。这在《东京烧尽》一书第42章的6月9日的文章中有这样的记载：

（前文省略）傍晚与古日同车回家，乘到御茶水站。走到东京站已经没有了屋顶的走廊上等电车，看见金色的落日从骷髅眼睛一样的红砖大窗处徐徐沉入对面的大内山森林。

下午4点，在放送局听见警戒警报，有一架B29战斗机要来了。

文中的“大内山森林”指的是皇居。我几乎可以想象到百闲先生当时愤愤不平的样子。

想来真是悲惨。当时的东京站屋顶已完全被飞机炸毁，雨天人们必须撑着伞才能在站台上等车。昭和二十四年底车站完全被修复……经过这些风风雨雨，东京车站已经不仅是日本铁道和建筑文化的一部分了，它还凝聚了明治、大正和昭和3个时代的历史。就拿东京城来说，城市的构造也起始于东京站，之后再向外延伸，以铁路为中心发展建设起来的。所以东京站就是东京的文化发源地。

然而，我们不能再继续沉浸于往事之中了。自从10年前车站红帽子搬运工的身影退出人们的视线，我们也渐渐醒悟。难以忘记酒吧关门前，在吧台上手握一杯马提尼低声啜泣的日子，而东京站原本就是自明治以来不断变化的一个地方。即使是当地的丸之内区域，江户时期也曾是诸侯居住的宅邸，成片的菱纹墙构成了这一带的“诸侯小路”。后来三菱财团的岩崎弥之助购买了这片土地，于明治末年在此建造了红砖的西式建筑，并命名为“一丁伦敦”。倘若认识到东京站本身就肩负着变化的使命，那对一切沧桑变化也就能坦然接受了吧。一味叹息往昔让我懊丧。

鉴于以上种种，我对人家所说的能在东京站消磨半小时或者半天时间的讲法产生了兴趣，决定试着提早一点到东京站去等车看看。之前，我只是东京站里的一位匆匆过客。

事实上，“站内”这个词的发源也来自东京站。2007年，建在东京车站改札口内部的，即“车站内部”的商业设施GRANSTA，把这个全新的词语带进了我们的生活中。JR和铁道会馆大力拆毁了车站内一些杂乱的废物堆，改造成GRANSTA，一改从前东京车站地下的脏乱差形象。2010年，他们在车站一楼的北侧引进了许多饭店，形成了餐饮街的格局。隔着一条中央通道，又在南侧也建成了餐饮街。从此东京车站的景观发生了巨大的变化。

我受怀旧思想的影响，至今还从没进去参观过。多亏了那次与卖三明治的Meruhek的邂逅，使我摒弃了先前的执念，逐渐有了想与之亲近的想法。我也因此意识到自己的拖延症有多严重，不过积习难改。我这个人本来就挺怪的。

我把游览东京车站内部的起点放在了银铃广场。约好了跟K田君到那里见面，他却说自己从来没在银铃广场等过人，当然更没有去过东京站的地下一层。真是指望不上他了。星期五上午 7 点，我们就跟两个没见过世面的乡下人似的——

“啊，这里，这里。”

“总算找到了。”我们在熙熙攘攘的人群里，好不容易见到对方，一颗心才放下来。为什么能平安地在东京站邂逅，就比在其他车站见到约会的对象更容易叫人安心呢？况且银铃广场在通道的中心啊。

“下面我们干什么？”

“从哪里开始？”

两个人一时都没了主意，站在原地不知所措。于是我们拿起一张地图瞎逛起来，发现前几天刚在报纸上读到过的那家店铺就在眼前。

“上班之前、下班以后喝一杯果醋，振奋一下精神——JR 东京站内的一家食用醋专卖店的立饮咖啡吧大受欢迎。‘食用醋东京 GRANSTA 店’，11 月迎来开张 5 周年。今年受东日本大地震影响，客户层面也相应发生了变化。”（《朝日新闻》2011 年 11 月 23 日）

由于报道配了图片，给我留下了深刻的印象。而且报道中登载的专卖店一天客流量在 600 到 800 之间的数字也叫我吃惊。据说早晚上下班时间，店里客流量最高，其中三四成客人都是男性。

“欢迎光临。早上来一杯醋吧，让您头脑清醒一些。”店员的招呼声明快响亮，好像站台上发车时的广播一样。

我看了一眼柜台，蓝莓、伊予柑、黑醋栗、石榴、濑户内柠檬……醋的种类竟然这么多。喝法也可以自由选择：兑热水、兑汽水或者兑牛奶。我选了一杯生姜醋，让他们给我兑上水，定价是280日元。K田君选了柚子和蜂蜜醋，兑了热水喝，定价350日元。我们站在吧台前，拿吸管吸了一口。

哇，真好喝。清爽甘洌，人一下子精神多了。听说有人自店铺开张以来，每天早晚都会来喝一杯，我现在十分理解他们的这种喜好，醋的口味确实清爽。不断有客人拜倒在食用醋迸发的威力之下。

嗯，好甜啊。真不错。我们舔着嘴唇走出店外，立刻又被新事物吸引了。就在食用醋隔壁，隔着玻璃窗我们看到一排漂亮的木吧台和木头椅子。这是什么？我们走进去一看，原来货架上满满的都是清酒。

“才早上7点多啊？”

“真的假的？都是酒。”

店里还没有客人，总不会一大早就……我们半信半疑地探头去问：“开门了吗？”只见吧台后一个男子边擦着玻璃杯，边笑容满面地回答说：“是的，开门了。”

哇，我不禁感叹起来。东京车站，真有一手。这也太有气魄了吧。大清早的就给客人酒喝，还是在地下通道的中心位置。而且把食用醋的专卖店和清酒店放在一起，这个构想也很别致。我真想趁这个机会喝上一杯，不过今天早上还有特别重要的地方要去。

我们要去吃早饭。因为车站里的饭店区早上七点开门，我们想去当中找一家吃早饭。寿司、荞麦面、牛舌、西餐，我们从琳琅满目的商品中挑了一家“东京炒饭”，点了他们早上限定的一道“泡饭”。

我们俩都点了这道菜。“泡饭”就是中国的汤泡饭，吃完了身体就会暖和。米饭浸在澄清的热汤里，吃一口身子就热起来了。汤里放了很多青菜、香菇、枸杞和其他蔬菜，味道清淡，养胃易食，身体也越来越暖和。我们一面感叹这道菜贴心一面环顾了一下店内，只见店内座无虚席，客人们都在呼噜噜吃泡饭呢。

等我们吃暖和了，又劲头十足地开始闲逛。到处都有叫我们这两个乡下人大跌眼镜的食品。比如专卖鲜火腿和意大利面的意大利食材店“EATALY”，我以前还专门跑到代官山去买呢。专卖比利时巧克力的“PIERREMARCOLINI”，他们的银座店总是排着长队，而这里则可以任你挑选。另外“KINOKUNIYA”和“DEAN & DELUCA”这两家有名的食品精品店也都在列。人气的熟食店“RF1”尽管设在车站里面，还是吸引了不少女性旅客。摆放着各种小手绢的“MAMEGUI”也挺招人喜爱，他们店里还推出了印有东京车站和电车图案的小手绢，昭示着对东京站的热爱。

车站里既有大福，也有蛋糕卷，还有铜锣烧、煎饼、

早上7点的银铃广场。
好多正在等人的人。
大家都很随意地
打发着时间。
早上一杯醋！
振奋精神哦！
可以清醒头脑哦！
要试一下吗？
醋？
用开水兑的话，很暖胃。
哦！
这样啊！

那么，
来一杯吧，柚子和蜂蜜醋用热水兑。
好的！
这家店开了5年了。
最近越来越多的人开始接受喝醋。
有每天都来喝的客人。
咕噜！
咕噜！
一口。
再一口。
这……
果然……
早上喝好提神呀！

馒头、人形烧卖。最叫人迈不动腿的就是“日本桥锦丰琳”柜台前的长蛇阵。我看见一片黑压压的人群，便过去看个究竟。原来他们在买最近很出名的东京站新产品，黑胡椒、七香粉以及牛蒡口味的江米条。大婶们不顾自己排在15位之后，已迫不及待地从钱包里掏出了1万日元，她们热切的眼光一点不比府中赛马场上买马票的人们差。

我无意间听见下面这段对话，是一对准备进“KINOKUNIYA”买东西的70岁左右的老夫妻。

“喂，你上哪儿去？”

“我去买甜品，好不容易来一次。”

“什么甜品啊？”

“就是甜品嘛。”

“就是什么甜品？”

“就是你喜欢吃的那种嘛。”

——老爷爷拎着旅行包，追了上去。

车站里有不少男性旅客，可能因为今天是周五，出差的人比较多吧，他们在买伴手礼。一个销售员模样的男子（约39岁），就在我们刚才经过的清酒吧旁边的“长谷川酒店”里让他们包装一个一升的大酒瓶。一个科长模样的男子（约51岁）正推着旅行箱，在大量地购买和果子呢。我第一次见识了男人们挑选便当时的眼神，一个个严肃又贪婪。东京站里有一种独特的光景，不同于任何一家百货商店。我在此学到了不少世间的常识。我们看到好些家庭，把行李存在投币寄存箱里，出发前往迪士尼乐园。

不过，在东京站转悠了1个小时，还真是有点累了。虽然它确是食品的乐园，但总免不了人群嘈杂。南来北往的旅客各有各的时间安排，我在管理处旁边的等候广场坐下之后，对此就有了更深入的了解。身边等车的旅客都在看书或者看报，也有坐着打盹的，他们基本上每半个小时换一批，完全符合旅客平均在东京站逗留“26.72分”的调查数据。

“站内”在开业一周年时就创下了销售额突破100亿的成绩，引起了社会上不小的反响。“铁道会馆”渡边雅之自开发时就一直指挥着全局，他说：“我们对在东京车站乘坐新干线的旅客做了调查，了解到他们一般会提前24分钟到达车站候车。所以我们想在车站地下建设一个大型商场，让他们在等车时可以四处逛逛。”

到底是天下人的东京站啊，它在人们心中就是一个不同寻常的所在。哪怕是在东京站买一个便当，大家也会有“好不容易才来一趟”的想法，于是慷慨地解开钱袋。这就是东京站的魅力、魔力。

“车站里竟然有这么多好东西，而且是在东京站里。这就是我们想给商品增加的附加值。我们构想了每一个区划里的购物场景，然后去寻找与之相符合的商品，以及能提供这些商品的公司。我们不盲目迷信品牌，而是换一个角度去考虑。我们对建设商业设施没什么经验，就不像百货

店的专业人士那样有‘该怎么样不该怎么样’的先入观。我们把个人的想法都凑起来，现在想想，这个办法反而帮了我们。”

这么说那个人气的江米条也是你们意料之中的喽？

“没有，没有。完全出乎了我们的想象。当时我们还参与了产品包装的设计，可是江米条这么普通，会有人买吗？我们最担心的就是它了。”

那食用醋的专柜和清酒吧的热烈反响一定是你们计划中的吧？

“也不是。这个企划一直到最后大家都不赞成，觉得车站里不应该放清酒吧，要放也应该是比较优雅的红酒吧或者现在流行的烧酒吧。最后还是我们一位 20 多岁的男职员，他对清酒的热爱打动了大家。”

听到这些幕后的花絮，我不禁再次感叹。到底是东京站啊，真有一手。他们不在店铺租金上坐享其成，而是积极进取。现在他们还给每个店铺都配备了一位负责人，专门监督商品的开发、包装和销售，与店铺群策群力共同经营。

回顾东京站的历史，东京站确有神灵在守护着。东京站奠基时，就采用了青森县生产的松木桩，一共1万零800根木桩被密密麻麻地打进了车站地底下，至今还有一部分保留在了东京站地下。东京站的钢筋构架是用吊车和人力共同安装的，其中830万块红砖都是人用手砌上去的。这座由哥特式与文艺复兴风格纵横交错而成的建筑，散发着明治、大正时期的气息，成为了天下人的东京站。一定有一位神灵在车站内部不断地激发着人们的斗志。

于是我全力以赴地对东京车站出售的便当做了一番挑战。不用说读者当中一定有许多车站便当的粉丝，也有很多熟悉车站便当的朋友，请允许我在各位专家面前分享一下辛苦得出的结论：

东京车站的便当满足了肉食系的要求。

车站内共有33家便当店，我很惊讶居然没有人能确切地说出它的总数。仅新干线中央改札口前面的第五号小卖部，平时每天也能卖出近2000个便当。而且东京站里的便当种类十分丰富，我竟买到了被誉为“日本3大鸡肉便当”中的一个——高崎站“鸡肉饭便当”。另外东京站还有一个长年受大家喜欢的，源自昭和时代的“鸡肉便当”。还有米泽站的“米泽烤牛肉盒松川便当”、仙台站的“牛舌便当”。倘若你想吃热的，那么小卖部对面有一家创立于明治二十八年的“浅草今半”，他们家的“牛肉便当”就在车站内设的厨房里现做现卖。热腾腾的米饭上盖着甜香的煮牛肉和烧豆腐，还有魔芋、洋葱、青豆和红姜丝。坐在新干线的座位上品尝如此温暖的传统美食，这种幸福只有东京站才有。可以跟牛肉便当平分天下的还有“eashion”家的“西班牙产伊比利猪肉盒饭”它的口味醇厚香甜也很不错。在“ITOHAN”我们还发现了“神户长田名物：炖牛筋饭盒”这些都叫肉食系的乘客兴奋不已。

不过，很多人还是更倾向于“幕之内便当”，这一点相信大家都不会反对吧。我自己最喜欢的两种“幕之内便当”是1600日元的“东京便当”和980日元的“明治座特制幕之内便当”。它们都很普通，可每一道菜都做得相当认真，始终走在正统的道路上。人们心目中日本旅途的真味就是眺望着车窗外的景色，一口一口慢慢品尝幕之内便当的乐趣啊。

我对认真挑选便当的西装大叔的印象非常深刻。车站便当可以说是他们旅途中的一桩乐事，上车找到座位后就可以独享其美味了。“车站内部”的喧嚣简直就是为大叔们唱的励志歌。

总之，
先填一填肚子吧。
おむすび処
人气最高的是
红鲑饭团。
紅鮭まぶし
220円
和味噌汤一起吃。
啊——
唔，
嗯，
好！
好吃！
不够啊，
再给我来一个烤鱼子饭团！

对于将东京车站整治一新的铁道会馆社长野崎哲夫来说，东京站也是不同寻常的。

“东京站是一个日常与非日常共存的空间。许多客人可能一年里就出一次门，还有很多外国游客，或许当中有些人一辈子也就到东京来一次。因此这里也是时空交织的特殊场所。记得小时候父亲带我去逗子和小田原，就在东京站坐横须贺线和湘南电车。我印象最深的一次是昭和三十一年，我小学 3 年级，在东京站坐燕子号去大阪。当时东京到大阪需要 8 个小时，铁路还没完全电气化，必须要在大津换蒸汽火车。我那时觉得东京站真高级。”

2012 年东京车站的红砖楼房终于全部竣工了。据说在八重洲一侧，一些低矮的房屋由于跟摩天大楼以及车站连接在了一起，便于通风，从皇居和东京湾吹来的清风有降温功能，十分环保。东京车站的发展可不仅限于美食啊。

话说到这，我自己也是有很大进步的。像乘坐早班新干线时，我已经很自然地比以前提前了半个小时到东京站来等车。对早餐的选择也不仅停留在三明治上了。倘若想吃刚捏好的饭团和热乎乎的味噌汤，就到早上 7 点开门营业的“HONNORI 屋”去。平时换乘时，也会到 EATALY 买点意大利面，时间有多的话就买个“小岩井牧场”的冰激淋尝尝。此外我还结识了 RIKKORIINA 的鱿鱼饭和酱煮沙丁鱼。真想好好地表扬一下自己啊。去年年底，我从奈良出差回来，身心俱疲，多亏了车站里的“浅草今半”，我在那买了热腾腾的牛肉便当回家吃，才解了乏。不出车站就能帮你把想办的事都解决掉，实在是太方便了。

走出改札口，东京站一番街向南北延伸出去。那里有集中了东京传统伴手礼的“伴手礼广场”，让喜欢拉面的人垂涎欲滴的“东京拉面一条街”，新东京的啤酒屋、银座千匹屋和资生堂甜品店，从甜品店到居酒屋应有尽有热闹非凡，叫人挑不出一点毛病。无论是车站里面还是车站外面，东京车站都在与时俱进不断进步，如同一个庞然大物似的与时代同呼吸共命运。

平成二十四年一月一日，天气晴朗。

我和K田君到东京站做元旦的拜访，当然还是约在了银铃广场见面。感谢之前多次的闲逛，我们已经不再像乡下人进城那样傻头傻脑了。今天无论如何我们得先喝一杯神酒，于是径直向清酒吧“长谷川”走去。

哇，真叫人高兴。下午两点，这里已经座无虚席。身穿和服短褂手拿驱邪箭，刚刚完成新年参拜的男士们也在高高兴兴地喝着呢。我们俩要了一杯定价600日元的“新年限定飞露喜特别纯米无过滤生原酒”和一杯定价1000日元的“十四代纯米大吟酿龙月”，互相干了一杯。因为今天是新年嘛，我还请他吃了一个定价400日元的“自家制味噌渍马苏里拉干酪”。

“新年好。”

“能在东京站迎新真好啊。”就在我们微醺地喝干最后一滴酒时，地面突然摇晃了起来。真的是地震。下午2点28分，我们身在地下也能感到强烈的震感。

“北关东地区发生了强烈的地震。”

“现在上越新干线从大宫站往北，东北新干线从高崎站往北都暂停行驶。”我们认真地听着从车站内传来的广播，过了10分钟：“铁路已确保安全，列车恢复运行。”

总算松了一口气。我再次想到东京车站的本质：它就像车轮牵引着列车似的，将无数的铁路线握在自己手中，坚韧不拔地担负着东京的运输。红砖圆顶的东京车站在人们的欢呼声中已经走过了98个年头，其中汇聚了多少日本人的身影啊。元旦在东京车站喝下的美酒、收获的祝福至今萦绕在我的心头。

结束旅行

在带广的PANCHO吃猪肉饭的那一回，K田君咽下最后一粒米将碗往桌子上一摔，然后嘟囔道："我还能再来一碗。"他说这话绝不是没吃饱的意思，而是告诉大家PANCHO的猪肉饭绝对好吃到能让人再添一碗。于是，我也回了一句："我也能。"

我和K田君的旅行始于东向岛的"片山饭店"。那个酷热难当的夏天，我俩同席而坐直愣愣地瞪着面前一块砖头似的牛排。510克的一块大牛排盛在盘子里，怎么看也像一块砖头，我战战兢兢地把餐刀插进了肉里，不知是暴行还是壮举，总之我已将事情的始末写入了《下乡吃牛排》一文。而当时我确实有一种预感，面前这块香气扑鼻的牛排我铁定不会辜负。我暗自抖擞起精神，看了一眼对面坐着的K田君，只见他正面露难色地盯着面前的盘子发呆。于是我好心地说了一句，让他不要勉强，听到的回答却是斩钉截铁的：“放心，没问题。”他也毅然决然地握住了手里的餐刀。结果，我把 510 克的牛排吃了个精光，没有动一口饭。而 K 田君连红通通的意大利面、色拉、米饭和味噌汤也统统一扫而光。我体念他身材清瘦，特意关照说我们不是在做大胃王比赛，所以千万别勉强。他却自始至终不乱阵脚，一句“放心，我觉得应该没问题”，果然就把所有的饭菜都吃进了肚子里。只是在到达终点的那一瞬间，他的脸色稍稍有些发青。

面对美食，我们常常会不由自主地伸出筷子，或许我们可以称美食为推动力。遇到美味的食物，我们的手就像被什么牵引着似的，一个劲轻轻松松地往前走，吃一口就飘飘然了。这种感觉像是“被劝食”了。我时常困惑此种感觉的本质究竟是什么，似乎与食物的量多量少并无多少关系，事实上有时候我们也会遇到即使只有很少的一点东西，可就是不想伸筷子的经历。这种感动并不容易遇见，而一旦邂逅能推动我们前进的美味，其中的幸福与愉悦是无法言说的。那天我们在老城品尝到的牛排，里面就藏着这样一种美味。

无论是在赤羽大啃烧鸟串，在鹿儿岛被黑猪排幸福到醉倒抑或在东京站的醋吧里一口喝干醋饮，插图中谷口治郎先生所描绘的那个男子，其实都是 K 田君的形象。时间在一次一次的旅行中度过，如今 K 田君业已而立，娶了如花美眷，人生也稳步踏上了一个新的台阶。我相信是我们这一路上的美食滋养了他，丰富了他的人生。比方他不善饮酒却到清晨的赤羽去痛饮了一杯，晚秋时节在根室经历了烤秋刀鱼的烟熏火燎，走遍了王将饺子的每个店铺，以及在酷寒的赤目四十八瀑背负满身失恋的伤痛，又到京都遭遇了乌冬面。这一切的一切，对我来说当然也都是十分珍贵的。

忘不了乘坐三陆铁道的北 RIAS 线暴走在岩手县三陆沿岸的那次，我们坐在久慈站内的长椅上吃了一份海胆便当。北 RIAS 线是在东日本大地震后第 5 天，凭借坚强意志开通的只有一节车厢行驶的铁路线。这条线路的起点久慈站出售的海胆便当，在全国车站便当粉丝心目中有如神一样的存在。而大地震之后，海胆便当在存亡危机中重新上市也象征着人们重建家园的决心。我一面品尝着饱含海胆滋味的米饭，体会着其中的欣喜与感谢，同时也感到了自己手中一次性筷子的重量。

第二天，我们乘坐北 RIAS 线在宫古站下了车。到酒店放下行李后，浑身轻松的我、K 田君以及同行的摄影师 F 野小姐就朝着大海的方向在宫古街上走了走。当夜幕降临，路边亮起了红灯笼和霓虹灯，大地震 1 个月后曾到访过宫古的 F 野小姐便喃喃自语道：“那个夜晚实在是太可怕了。到处都是残垣断瓦，连横道线上都堆满了瓦砾和烂泥，根本没法通行。我开着车，车灯照在瓦砾和倒塌的房屋上，画面恐怖极了。到最后我是一边发抖一边哭着把车开走的。”

我们3个人面对大地震后八个月的光景，也说不出一句话。四周空无一人，房屋空空荡荡，偶尔可以看见几间光剩下躯壳和招牌的店铺和地基都已露出地面的破烂土地，旁边还有人家的玄关亮着灯，隐约可以听见屋内晚饭时的对话声。这相互映衬的风景正是在这片土地上生活着的东北地区人们倔强不屈的精神。当我们背对大海往回走时，看见了一处集中了不少霓虹灯的角落，还听见其中传来卡拉ok的声音。透过走出店门那些微醺的大叔背后，我们瞥见了店内欢乐的景象。他们这种咬紧牙关一点一点重建家园的行动令人感佩。

我们在久慈站吃的那盒海胆便当有着无价的美味，它不仅仅是东北地区而且是全日本的骄傲。我们每个人正是由日本各地诸如此类的珍贵美食滋养而成长起来的。

本书承蒙各方支持得以出版。在此谨向K田君即角田国彦先生、F野小姐即深野未季小姐、《全读物》主编山田宪和先生、以姓名英文字母出场的《文艺春秋》诸位、帮助我成书的林晓先生以及负责装帧的大久保明子女士表示衷心的感谢。同时向谷口治郎先生致以深切的谢意，感谢他为本书创作了许多饮食情景的插图，弥补了我文字上的欠缺。

2013年冬

作者

后　记

我又重新思考了一番，自己为何会在《下乡吃牛排》这个标题上特意注明“下乡”二字呢？倘若问我，哪条街更符合吃牛排的气氛，我想我大抵是回答不上来的。比方在银座和赤坂，手握刀叉吃牛排自有一种奢华之美，到了横滨则另有一种时尚的风气。而当我走进一家熟悉的定食饭馆，准备要一道平时从没点过的定价1500日元的牛排午餐时，真有想豁出去的冲动。这时能激发我斗志的就只是牛排本身，和整条街道没有半点关系。或许牛排原本就不是日常生活中一道小菜，它自身早已高高地凌驾于所处的街道和土地之上了吧。让我们来回忆一下在东向岛“片山饭店”吃牛排的经历吧。来这家餐厅吃饭的大多为家人聚餐和朋友聚会，大家一进门便笑容满面，一团和气。尽管每张脸上都写着准备吃牛排的兴奋表情，心中却藏着趿拉拖鞋的家常感，把整个餐厅的气氛调节得恰到好处。吃的是略显奢侈的牛排，气氛却十分随意。这种有如泡在公共浴室里的融融暖意，只有到老城才能体会得到。除了牛排，套餐里还包含了米饭、味噌汤和红通通的意大利面。当我们看见面前的黑铁盘里盛着一块热气腾腾的牛排，自己在心中喊出一声“开动”的号令，一口咬下去时，嘴里尝到的便是与肉香一块儿迸发出的这条街道的滋味，以及这条街上的人情味。

我喜欢“有滋有味的美食”。这世上有太多的美食光有美味而没有滋味，所以我要不停地分辨它们，然后去邂逅。一旦遭遇过一次完美的邂逅，那么就还会有第 2 次、第 3 次。本书是由一个一个美食串联起来的旅行记录，自北海道的带广出发，到鹿儿岛、津轻、赤羽、东向岛、冲绳、水道桥、根室半岛、上野、下北半岛、赤目四十八瀑、三陆，最后抵达东京站。我们坐飞机，坐火车，乘船前往一个个目的地，在那里等着我们的都是当地传承下来的精妙滋味。与此同时，还有许许多多令人耳热心动的话语一并留在了我的记忆里——

“对了，你知道伊比利亚猪吗？”

“啥？伊不利加鼓？”(《阿梅家的猪肉饭》)

“材料的优劣占八成，技术占两成。漂亮的人就会更漂亮，跟那个道理是一样的。(笑)”(《黑猪之爱》)

“嗯，我很喜欢这里的料理，全部都是从前的味道，太幸福了。”

“如果自己不开心，就无法叫客人尝出酒里的愉快来。”(《津轻之夜的墨鱼肉饼》)

“固执的店家只接受同类型的客人。而我们的客流量每天在千人左右，满足他们每个人的需求也是一种待客之道。我们愿意听取客人的要求，也能按照客人的要求去做。这就是我们比别人强的地方。”(《初尝王将饺子》)

“都说，根室的雾重，其实根室的人情更重。”(《泪洒根室秋刀鱼》)

要举的例子还有太多太多。这些话每句都饱含了生活的况味，都是经过了生活的锤炼后脱口而出的语言，如果我不曾涉足那片土地，也许我永远都不会有机会听到。而且我还不止一次两次的，与沿途偶遇的人们亲切交谈，感受当地语言的魅力。每当这时我总是用自己的全部身心去记下当时的滋味，不愿把它们忘记。诚然，我也深知“有滋有味的美食”并非只蕴含着愉悦与温暖。然而，我深信美食的力量足以填补人生缺陷与苦痛，所以我才用自己的脚去行走，用自己的眼睛和耳朵去撷取。

在这里，我想再次摘录“片山饭店”主人说的一句话：“草牛肉的肉质清爽，和米饭的感觉差不多，大口大口吃都不腻。”我每忆起这句话，都觉得回味无穷。大口大口地吃肉，当我意识到这情景只有东向岛才有的瞬间，便更觉得耳根发颤。

2015 年夏

作者